दुनिया भर में 5 डॉलर में

Translated to Hindi from the English version of
Around the World in 5 Dollars

डॉ. बिनॉय गुप्ता

Ukiyoto Publishing

सभी वैश्विक प्रकाशन अधिकार इसके पास हैं

Ukiyoto Publishing

2025 में प्रकाशित

सामग्री कॉपीराइट © डॉ. बिनॉय गुप्ता
ISBN 9789370090323

सर्वाधिकार सुरक्षित।
प्रकाशक की पूर्व अनुमति के बिना इस प्रकाशन के किसी भी भाग को किसी भी रूप में, इलेक्ट्रॉनिक, यांत्रिक, फोटोकॉपी, रिकॉर्डिंग या अन्य किसी भी माध्यम से पुनरुत्पादित, प्रेषित या पुनर्प्राप्ति प्रणाली में संग्रहीत नहीं किया जा सकता है।

लेखक के नैतिक अधिकारों का दावा किया गया है।

यह पुस्तक इस शर्त के अधीन बेची जा रही है कि इसे प्रकाशक की पूर्व अनुमति के बिना व्यापार या अन्य किसी भी प्रकार से उधार नहीं दिया जाएगा, पुनर्विक्रय नहीं किया जाएगा, किराये पर नहीं दिया जाएगा या अन्यथा प्रसारित नहीं किया जाएगा, सिवाय उस आवरण या बाइंडिंग के जिसमें यह प्रकाशित हुई है।

www.ukiyoto.com

सभी लेखकों को दिए जा रहे समर्थन के लिए उकियोटो को धन्यवाद।

अंतर्वस्तु

परिचय	1
गंगोत्री से गंगा सागर तक गंगा की कहानी	4
सुंदरबन - विश्व का सबसे बड़ा डेल्टा	14
डायनासोर और जीवाश्म	24
लद्दाख - बर्फ और रेत की रहस्यमय भूमि	34
भारत के राष्ट्रीय उद्यान एवं वन्यजीव अभयारण्य	44
अंडमान एवं निकोबार द्वीप समूह - एक उष्णकटिबंधीय स्वर्ग	59
विक्टोरिया - कनाडा का सबसे बेहतरीन शहर	68
स्कागवे, अलास्का	76
कोह समेद, थाईलैंड	84
लैंगकावी द्वीप, मलेशिया	92
सिडनी - ऑस्ट्रेलिया का प्रदर्शन	100
लेखक के बारे में	108

परिचय

चाहे कोई व्यक्ति कितना भी गतिहीन और आलसी क्यों न हो, सच्चाई यह है कि इस दुनिया में हर व्यक्ति एक यात्री है। अंतरिक्ष में कुछ भी स्थिर नहीं है। हमारी पृथ्वी भी घूम रही है। पृथ्वी का भूभाग निरंतर गतिशील है और हम सभी निरंतर उसके साथ गतिशील हैं।

इसके अलावा, पूरे इतिहास में, मानव जाति दूर-दराज, दूरस्थ और विदेशी स्थानों की यात्रा करने की शौकीन रही है, जो ज्यादातर अज्ञात और अनजान होते हैं। उस समय यात्रा करना कठिन और खतरनाक था - समुद्र के अज्ञात खतरों, शत्रुतापूर्ण मूल निवासियों और समुद्री डाकुओं, बीमारियों, जंगली जानवरों आदि से भरा हुआ। लेकिन प्रारंभिक साहसी यात्रियों के बिना दुनिया का पूरी तरह से अन्वेषण नहीं किया जा सकता था, नए स्थानों की खोज नहीं की जा सकती थी, और नए देशों की खोज और बसावट नहीं की जा सकती थी।

इंटरनेट, मोबाइल और अन्य संचार साधनों की बदौलत आज यात्रा कहीं अधिक सुविधाजनक और आसान हो गई है। नवीनतम जानकारी आसानी से उपलब्ध है।

फिर भी, यह आश्चर्य की बात है कि हम इतने सारे अलग-अलग स्थानों के बारे में इतना कम जानते हैं। हममें से अधिकांश लोग यात्रा करते हैं, शायद साल में एक बार या उससे अधिक बार, उन्हीं पुरानी जगहों पर जहां वे अच्छी तरह घूमे-फिरे हैं।

मुझे अनेक प्रकार के स्थान देखने का सौभाग्य प्राप्त हुआ है। मैं जिस भी स्थान पर जाता हूं, उसमें पूरी तरह डूब जाता हूं। जब मैं जीवाश्म पार्क में

जाता हूं तो मुझे ऐसा लगता है जैसे मैं किसी दूसरे समय और युग में पहुंच गया हूं। मैं सचमुच खुद को डायनासोर के बीच चलते हुए देख सकता हूं। मेरा मानना है कि यह एक अनोखा और दुर्लभ उपहार है, लेकिन यह यात्रा को और अधिक आनंददायक बना देता है।

किसी भी दिलचस्प जगह की यात्रा करने के बाद, मैंने आमतौर पर उसके बारे में एक यात्रा वृत्तांत लिखा है। और ये यात्रा वृत्तांत भारत के लगभग सभी प्रमुख समाचार पत्रों और पत्रिकाओं, इन-फ्लाइट पत्रिकाओं, आरसीआई पत्रिका और यहां तक कि विदेशों में भी प्रकाशित हुए हैं।

इस पुस्तक में मैंने यह नहीं लिखा है कि विभिन्न स्थानों तक कैसे पहुंचा जाए, कहां ठहरें, क्या खाएं और क्या देखें। ये विवरण लगातार बदलते रहते हैं और नवीनतम जानकारी इंटरनेट पर मुफ्त में उपलब्ध है। आप इंटरनेट पर प्रतिस्पर्धी दरों पर ऑनलाइन उड़ान बुकिंग और होटल आरक्षण कर सकते हैं। चरम मौसम से बचने की कोशिश करें और यदि संभव हो तो पहले से ही योजना बना लें।

मेरा प्रयास पाठक को कई ऐसे स्थानों के बारे में जानकारी देना है, जहां वह शायद कभी नहीं जा पाएंगे। पाठक की आंखें खोलें कि वह अपने व्यस्त कार्यक्रम के कारण क्या चूक सकता है। इस पुस्तक को पढ़ने के बाद, जब आप किसी जीवाश्म पार्क में जाएंगे, तो आपको पता चलेगा कि जीवाश्म क्या है। जब आप किसी राष्ट्रीय उद्यान में जाएंगे, तो आपको पता चलेगा कि राष्ट्रीय उद्यान क्या है। जब आप गिर राष्ट्रीय उद्यान का दौरा करेंगे, तो आपको पता चलेगा कि जूनागढ़ के नवाब ने एशियाई शेरों को संरक्षित करने में किस प्रकार मदद की थी। जब आप गंगा सागर जैसे किसी धार्मिक स्थान पर जाएंगे तो आपको उसके अतीत और धार्मिक महत्व के बारे में कुछ न कुछ पता चलेगा।

मैंने अलास्का की अपनी यात्रा के दौरान देखे गए शहरों पर अध्याय शामिल किए हैं, जो मेरे यात्रा अनुभव का सर्वश्रेष्ठ अनुभव था; तथा दक्षिणी गोलार्ध में स्थित ऑस्ट्रेलिया की मेरी यात्रा पर भी अध्याय शामिल किए हैं - जो विश्व के विपरीत दिशा में है। बेशक, मैंने थाईलैंड और मलेशिया की

अपनी यात्राओं को भी इसमें शामिल किया है क्योंकि ये सबसे आसानी से पहुंचने योग्य स्थान हैं, जहां हम भारतीय जाना पसंद करते हैं।

यह पुस्तक एक साधारण यात्रा पुस्तक से कहीं अधिक है। यह पाठक को कई दिलचस्प स्थानों की शिक्षाप्रद यात्रा पर ले जाएगा, जहां मैं गया हूं और आनंद उठाया है।

बच्चों और अभिभावकों दोनों को यह सामग्री रोचक, जानकारीपूर्ण और शिक्षाप्रद लगेगी। मेरे साथ इस यात्रा का आनंद लें.

गंगोत्री से गंगा सागर तक गंगा की कहानी

यदि गंगा नदी मर जाए तो क्या होगा?

मैंने जिन भारतीयों से पूछा, उनमें से कई ने यह कहकर सवाल टाल दिया कि गंगा खत्म नहीं हो सकती, लेकिन उन्होंने स्वीकार किया कि वे प्रदूषण को लेकर चिंतित हैं।

गंगा तट पर 18 वर्षों से रह रही एक महिला ने साहसपूर्वक कहा, "यदि गंगा मर गई तो हम सब मर जाएंगे।" समाज मर जाता है।"

पीट मैकब्राइड

हिंदू लोग गंगा को बहुत पवित्र नदी मानते हैं। गंगा का उल्लेख ऋग्वेद में किया गया है, जो हिंदू धर्म का सबसे प्राचीन एवं पवित्रतम ग्रंथ है। गंगा को सभी देवताओं की माता माना जाता है। यह हिमालय से मैदानी इलाकों से होते हुए हिंद महासागर तक पानी लाता है।

पौराणिक कथा - गंगा की कहानी

गंगा स्वर्ग में रहती थी। मैं तुम्हें वह कथा सुनाऊंगा कि गंगा किस प्रकार पृथ्वी पर आयीं। भगवान राम के पूर्वज और इक्ष्वाकु वंश के शासक राजा सगर ने ऋषि और्व के निर्देशानुसार अश्वमेध यज्ञ करने का निर्णय लिया।

ऐसा माना जाता था कि 100 अश्वमेध यज्ञ करने से सम्पूर्ण पृथ्वी पर प्रभुत्व प्राप्त हो जाता था।

राजा सगर ने अश्वमेध यज्ञ करने का निर्णय लिया। इस अनुष्ठान के एक भाग के रूप में, उन्होंने एक सफेद घोड़े को पूरे विश्व में भ्रमण करने के लिए भेजा ताकि यह देखा जा सके कि क्या कोई घोड़े को पकड़कर और उसकी आगे की प्रगति को रोककर उसके अधिकार को चुनौती दे सकता है। भगवान इंद्र, जो 100 अश्वमेध यज्ञ पूरे करने वाले एकमात्र व्यक्ति थे, को डर था कि वे एक नश्वर के हाथों अपनी श्रेष्ठता खो देंगे।

उसने किसी भी तरह से यज्ञ को विफल करने का निर्णय लिया। उसने राजा सगर का घोड़ा चुरा लिया और उसे पाताल लोक में ऋषि कपिल मुनि के आश्रम में बांध दिया।

राजा सगर ने घोड़े का बहुत देर तक इंतजार किया। लेकिन वह वापस नहीं आया. घोड़े के न आने से बहुत चिंतित होकर राजा सगर ने अपने साठ हजार पुत्रों को घोड़े को ढूंढ़ने और वापस लाने के लिए भेजा। वे घोड़े की खोज में दुनिया के चारों कोनों में गये, परन्तु व्यर्थ। राजा सगर के पुत्रों ने यह देखने के लिए धरती खोदी कि क्या घोड़ा पाताल लोक में मिल सकता है। उन्होंने एक गुफा देखी, जहां एक ऋषि गहरी समाधि में बैठे थे और अपने आस-पास की चीजों से पूरी तरह बेखबर थे। पुत्रों ने ऋषि को घोड़ा चुराने वाला चोर समझ लिया। वे ऋषि पर आक्रमण करने के लिए उनके पास पहुंचे। वह ऋषि कपिल मुनि थे, जो स्वयं भगवान विष्णु के अवतार थे।

सारे शोरगुल से परेशान होकर कपिल मुनि ने अपनी आँखें खोलीं। परिणाम - राजा सगर के सभी साठ हजार पुत्र उनकी प्रचंड तपस्या के कारण राख के ढेर में बदल गए। राजा सगर को जब यह विनाशकारी समाचार पता चला तो वे बहुत दुःखी हुए। लेकिन अश्वमेध यज्ञ को जारी रखना और पूरा करना था।

राजा सगर दुविधा में पड़ गए। उनके पास अपने पोते अम्सुमंत को, जिसे वे बहुत प्यार करते थे, घोड़े को वापस लाने के लिए नियुक्त करने के अलावा कोई विकल्प नहीं था। अम्सुमंथा बहुत ही अच्छा व्यवहार करने वाला और आज्ञाकारी था। वह अपने पूर्ववर्तियों के पदचिन्हों और मार्ग का अनुसरण करते हुए उसी गुफा में पहुंचा जहां ऋषि तपस्या कर रहे थे। लेकिन अपने पूर्ववर्तियों के विपरीत, वह ऋषि और उनके अवतार की महानता को पहचानने में सक्षम थे।

उन्होंने ऋषि कपिल मुनि की प्रशंसा ब्रह्मांड के रक्षक भगवान विष्णु के अवतार के रूप में की। उन्होंने बताया कि उनके पूर्ववर्ती उन पर हमला करने की कोशिश करके कितने गलत थे। उन्होंने राजा सगर द्वारा किये जा रहे अश्वमेध यज्ञ के बारे में बताया तथा कपिल मुनि से घोड़ा वापस ले जाने की अनुमति मांगी। ऋषि कपिल मुनि अंशुमंत की विनम्रता और अच्छे आचरण से प्रभावित हुए और उन्हें आशीर्वाद दिया तथा अश्वमेध यज्ञ को सफलतापूर्वक पूरा करने के लिए घोड़ा वापस ले जाने को कहा। अंशुमन्थ ने घोड़ा वापस ला दिया, जिसके बाद अश्वमेध यज्ञ बिना किसी बाधा के पूरा हो गया।

राजा सगर के पुत्रों की आत्माएं प्रेत बनकर भटक रही थीं क्योंकि उनका अंतिम संस्कार नहीं किया गया था। कपिल मुनि ने अंशुमंत को बताया कि उनके पूर्वज जो भस्म हो गए थे, वे पितृलोक (मोक्ष) तभी पहुंचेंगे जब गंगा नदी उनकी राख को धोएगी। राजा सगर ने गंगा को पृथ्वी पर लाने का प्रयास किया। वह असफल रहा। तब अंशुमान (उन 60,000 पुत्रों के भतीजे) ने ब्रह्मा से गंगा को पृथ्वी पर लाने की प्रार्थना की, लेकिन वह भी असफल रहे। फिर उनके बेटे दिलीप ने प्रयास किया। वह भी असफल हो गया।

जब दिलीप के पुत्र सगर के वंशजों में से एक, भगीरथ (जिसका अर्थ है, जो बहुत कठिन परिश्रम करता है - उन्हें यह नाम गंगा को पृथ्वी पर लाने के लिए किए गए उनके कठिन परिश्रम के कारण मिला) को इस भाग्य का पता चला, तो उन्होंने गंगा को पृथ्वी पर लाने की शपथ ली ताकि

उसका जल उनकी आत्माओं को शुद्ध कर सके और उन्हें स्वर्ग पहुंचा सके।

भगीरथ ने ब्रह्मा से प्रार्थना की कि वे गंगा को पृथ्वी पर आने के लिए कहें। ब्रह्मा सहमत हो गए और उन्होंने गंगा को पृथ्वी पर तथा फिर पाताल लोक में आने को कहा ताकि भगीरथ के पूर्वजों की आत्माएं स्वर्ग जा सकें। गंगा ने कहा कि पृथ्वी पर उनका अवतरण इतना विनाशकारी होगा कि अपने रास्ते में आने वाली हर चीज को नष्ट कर देगा।

भगीरथ ने शिव से प्रार्थना की कि वे उनकी सहायता करें और गंगा के प्रवाह को रोकें। इस प्रकार गंगा शिव की जटाओं पर अवतरित हुईं। शिव ने शांतिपूर्वक उसे अपने बालों में फंसा लिया और छोटी-छोटी धाराओं के रूप में बाहर छोड़ दिया। शिव के स्पर्श से गंगा और अधिक पवित्र हो गयी। जब गंगा पाताल लोक की ओर यात्रा कर रही थीं, तो उन्होंने पृथ्वी पर रहने के लिए एक अलग धारा बनाई, ताकि वहां दुर्भाग्यपूर्ण आत्माओं को शुद्ध करने में मदद मिल सके।

गंगा तीनों लोकों - *https://en.wikipedia.org/wiki/Swarga स्वर्ग, https://en.wikipedia.org/wiki/Prithvi*पृथ्वी और *https://en.wikipedia.org/wiki/Patala*पाताल - में बहने वाली एकमात्र नदी है। संस्कृत में इसे रिपथगा (तीनों लोकों की यात्रा करने वाला) कहा जाता है। भगीरथ के प्रयासों के कारण ही गंगा पृथ्वी पर अवतरित हुईं। इसलिए इस नदी को भागीरथी के नाम से भी जाना जाता है।

गंगा को एक अन्य नाम जाह्नवी से भी जाना जाता है। जब गंगा पृथ्वी पर आईं, तो भगीरथ के पास जाते समय उनके तेज पानी ने अशांति पैदा कर दी और खेतों तथा जह्नु*https://en.wikipedia.org/wiki/Rishi_Jahnu* नामक ऋषि की साधना को नष्ट कर दिया। इससे वह क्रोधित हो गया और उसने गंगा का सारा पानी पी लिया। इस पर देवताओं ने जह्नु से प्रार्थना की कि वे गंगा को मुक्त कर दें ताकि वह अपने कार्य पर आगे बढ़ सकें। उनकी प्रार्थना से प्रसन्न होकर जह्नु ने गंगा को अपने कानों से छोड़ा। इसलिए गंगा का नाम जाह्नवी (जह्नु की पुत्री) पड़ा।

कुछ लोगों का मानना है कि गंगा नदी कलियुग के अंत में सूख जाएगी, जो कि संसार के युग चक्र के चार चरणों (अंधकार का युग, वर्तमान युग) में से अंतिम चरण है, जैसा कि सरस्वती नदी के साथ हुआ था और यह युग समाप्त हो जाएगा। चक्रीय क्रम में अगला युग सत्य युग या सत्य का युग होगा।

हिंदू धर्म के अनुसार, एक पूर्ण युग सत्य युग से शुरू होता है, जो त्रेता युग और द्वापर युग से होकर कलियुग में पहुंचता है।

गंगा नदी

गंगा नदी साहसिक यात्रियों के लिए एक आकर्षक आकर्षण रही है। सर एडमंड हिलेरी ने लिखा: "पांच साल से अधिक समय से मैं अपने मित्रों के एक समूह के साथ गंगा नदी के मुहाने से लेकर धारा के विपरीत दिशा में पहाड़ों तक, जहां नदी का उद्गम हुआ था, यात्रा करने के एक नए साहसिक सपने का सपना देख रहा था।" 1977 में सर एडमंड हिलेरी ने अपने स्वप्न 'महासागर से आकाश' अभियान को वास्तविकता में बदल दिया। उन्होंने इस साहसिक यात्रा का वर्णन करते हुए एक पुस्तक लिखी।

किसी तरह, मैं उसी साहसिक कार्य की नकल करने में सफल रहा, लेकिन विपरीत दिशा में। मैंने गंगा नदी के उद्गम से लेकर महासागर में उसके विलय तक की पूरी यात्रा की है, एक बार में नहीं, बल्कि कई वर्षों में टुकड़ों-टुकड़ों में।

अपने बचपन के दिनों में मैं हर गर्मियों की छुट्टियों में चला जाता था क्योंकि स्कूल और कॉलेज बंद हो जाते थे और बच्चे अपनी उबाऊ पढ़ाई से मुक्त हो जाते थे। हवाई यात्रा अफोर्डेबल नहीं थी। उन दिनों रेलवे आरक्षण पाना कठिन था। किसी को महीनों पहले से योजना बनानी पड़ती थी। मेरी माँ को घूमने-फिरने का बहुत शौक था और वह हमेशा नई-नई

जगहों के बारे में सोचती रहती थीं। किसी विशेष स्थान से लौटने के बाद, वह अगले वर्ष हम किस स्थान पर जा सकते हैं, इस बारे में सोचने लगती थी।

एक दिन, हम गोमुख पहुंचे, जहां मैंने गंगोत्री ग्लेशियर को देखा, जो कि पहली बार इतनी नजदीक से देखने वाला मेरा पहला ग्लेशियर था। यह उत्तराखंड के उत्तरकाशी जिले में स्थित है, जो तिब्बत की सीमा से लगाhttps://en.wikipedia.org/wiki/Tibet हुआ क्षेत्र है।

गंगोत्री ग्लेशियर

आपने ग्लेशियरों के बारे में अवश्य पढ़ा होगा - ग्लेशियर क्या है?

ग्लेशियर गिरी हुई बर्फ से बनते हैं, जो कई सालों में बर्फ के बड़े, मोटे पिंडों में सिकुड़ जाती है। ग्लेशियर तब बनते हैं जब बर्फ एक जगह पर काफी देर तक जमी रहती है और बर्फ में तब्दील हो जाती है। ऊपर बर्फ के विशाल द्रव्यमान के कारण, ग्लेशियर बहुत धीमी गति से बहने वाली नदियों की तरह बहते हैं। गंगोत्री ग्लेशियर गंगा नदी के जल के प्राथमिक स्रोतों में से एक है। यह भारत का दूसरा सबसे बड़ा ग्लेशियर है और इसकी लंबाई 30 किलोमीटर तथा चौड़ाई 2 से 4 किलोमीटर है, तथा इसका अनुमानित आयतन 27 घन किलोमीटर से अधिक है।

ग्लेशियर के चारों ओर गंगोत्री समूह की चोटियां हैं, जिनमें शिवलिंग, थलय सागर, मेरु और भागीरथी ||| जैसी कई चोटियां अत्यंत चुनौतीपूर्ण चढ़ाई मार्गों के लिए उल्लेखनीय हैं। यह मोटे तौर पर उत्तर-पश्चिम दिशा में बहती है, तथा समूह की सबसे ऊंची चोटी चौखंबा के नीचे https://en.wikipedia.org/wiki/Cirqueएक सर्कhttps://en.wikipedia.org/wiki/Chaukhamba से निकलती है।

गंगोत्री ग्लेशियर का सिरा, जिसे गोमुख (जिसका अर्थ है "गाय का मुंह") के नाम से जाना जाता है, गाय के चेहरे जैसा दिखता है। यह गंगा की एक प्रमुख सहायक नदी भागीरथी का स्रोत है, जो गंगोत्री से लगभग 19 किमी (11.8 मील) दूर स्थित है।

भागीरथी, देवप्रयाग के सुरम्य शहर में भागीरथी और अलकनंदा नदियों के संगम पर गंगा या गंगा नदी बन जाती है। 2,525 किलोमीटर (1,569 मील) लंबी गंगा पहाड़ों से नीचे बहती है और ऋषिकेश, हरिद्वार, कानपुर, वाराणसी, पटना और मुर्शिदाबाद से होकर उत्तर भारत के गंगा के मैदान को सींचती है।

पश्चिम बंगाल में प्रवेश करने पर यह नदी दो शाखाओं में विभाजित हो जाती है: हुगली (आदि गंगा) और पद्मा। हुगली नदी पश्चिम बंगाल के कई जिलों से होकर बहती है और सागर द्वीप के पास बंगाल की खाड़ी में गिरती है। पद्मा नदी बांग्लादेश में बहती है, जहां यह बंगाल की खाड़ी तक पहुंचने से पहले मेघना नदी में मिल जाती है।

वाराणसी (बनारस)1897

में, मार्क ट्वेन ने वाराणसी के बारे में लिखा था, "बनारस इतिहास से भी पुराना है, परंपरा से भी पुराना है, यहां तक कि किंवदंती से भी पुराना है, और इन सभी को मिलाकर भी यह दोगुना पुराना लगता है"।

मैं कुछ वर्षों तक वाराणसी में रहा और काम किया। घाटों तक जाने वाली गलियाँ बहुत संकरी थीं। यहां तक कि एक ऑटो रिक्शा भी वहां से नहीं गुजर सकता। और वहाँ बहुत सारे बैल थे। लेकिन सौभाग्यवश, वे काफी सभ्य थे। लेकिन कई बार हमें आगे बढ़ने के लिए थोड़ा खींचना या धक्का देना पड़ता था।

वाराणसी कई हजार वर्षों से उत्तर भारत का सांस्कृतिक केंद्र रहा है और इसका गंगा से घनिष्ठ संबंध है। वाराणसी हिंदू धर्म के सभी पवित्र स्थानों में सबसे पवित्र है। हिंदुओं का मानना है कि इस शहर में मृत्यु से मोक्ष मिलता है, जिसके कारण यह तीर्थयात्रा का एक प्रमुख केंद्र है। यह शहर विश्व भर में अपने अनेक घाटों तथा नदी के किनारे पत्थर की पट्टियों से बने तटबंधों के लिए जाना जाता है, जहां तीर्थयात्री अनुष्ठानिक स्नान करते हैं। दशाश्वमेध घाट, पंचगंगा घाट, मणिकर्णिका घाट और हरिश्चंद्र घाट महत्वपूर्ण घाट हैं। अंतिम दो घाट वे हैं जहां हिंदू अपने मृतकों का अंतिम संस्कार करते हैं और वाराणसी में हिंदू वंशावली रजिस्टर यहीं रखे जाते हैं।

वाराणसी विश्व के सबसे पुराने जीवित शहरों में से एक है। ऐसा लगता है जैसे समय यहीं रुक गया हो। यहां के लोग कभी भी जल्दबाजी में नहीं रहते। हर किसी के पास पर्याप्त समय है। मैं लगभग हर दिन घाटों पर पैदल जाता था। मैं अक्सर गंगा में नौका विहार भी करता था।

गौतम बुद्ध ने 528 ईसा पूर्व के आसपास सारनाथ के निकट बौद्ध धर्म की स्थापना की थी, जब उन्होंने अपना पहला उपदेश "धर्म चक्र प्रवर्तन" दिया था। सारनाथ विश्व भर के बौद्ध धर्मावलंबियों के लिए एक महत्वपूर्ण तीर्थस्थल है।

8वीं शताब्दी में आदि शंकराचार्य ने वाराणसी में शिव की पूजा को एक आधिकारिक संप्रदाय के रूप में स्थापित किया। शिव का प्रसिद्ध काशी विश्वनाथ मंदिर हाल के दिनों में और भी अधिक प्रसिद्ध हो गया है जब हमारे प्रधानमंत्री मोदीजी ने कहा कि गंगा ने उन्हें वाराणसी बुलाया है।

https://en.wikipedia.org/wiki/Tulsidas तुलसीदासजी ने राम के जीवन पर अपना महाकाव्य राम चरित्र मानस यहीं वाराणसी में लिखा था। भक्ति आंदोलन के कई अन्य प्रमुख व्यक्ति वाराणसी में पैदा हुए थे, जिनमें कबीर और रविदास https://en.wikipedia.org/wiki/Ravidas https://en.wikipedia.org/wiki/Kabir शामिल हैं। गुरु नानक ने 1507 ई. में महा शिवरात्रि के लिए वाराणसी का दौरा किया, एक यात्रा जिसने

सिख धर्म की स्थापना में एक बड़ी भूमिका निभाई। वाराणसी में बहुत सारे नवीकरण कार्य हुए हैं। बहुत सारा पुराना और प्राचीन स्पर्श लुप्त हो गया है।

मैंने गंगा के विपरीत तट पर स्थित रामनगर किले का दौरा किया, जिसे 18वीं शताब्दी में मुगल वास्तुकला शैली में नक्काशीदार बालकनियों, खुले प्रांगणों और सुंदर मंडपों के साथ बनाया गया था। वर्तमान राजा अनंत नारायण सिंह, जिन्हें वाराणसी के महाराजा या काशी नरेश के नाम से भी जाना जाता है, रामनगर किले में रहते हैं। वहाँ एक छोटा सा संग्रहालय है.

वाराणसी में लगभग 23,000 मंदिर हैं - इनमें से सबसे प्रसिद्ध हैं शिव का काशी विश्वनाथ मंदिर, संकट मोचन हनुमान मंदिर और दुर्गा मंदिर।

सागर द्वीप या सागर दीप

गंगा नदी कोलकाता से लगभग 100 किलोमीटर दूर गंगा सागर द्वीप के पास बंगाल की खाड़ी में प्रवेश करती है। गंगा सागर मेला प्रत्येक वर्ष मकर संक्रांति के दिन, अर्थात् 14 जनवरी को लगता है। द्वीप तक की यात्रा इतनी कठिन हुआ करती थी कि तीर्थयात्री कहते थे, "सब तीर्थ बार बार, गंगा सागर एक बार।" यह उन कुछ त्योहारों में से एक है जो हर साल एक निश्चित तिथि पर मनाया जाता है। यह इलाहाबाद के कुंभ मेले के बाद भारत का सबसे बड़ा मेला है।

स्कूल के दिनों में मैं अक्सर सुनता था कि गंगा सागर द्वीप समुद्र के नीचे है और हर साल एक बार समुद्र से बाहर आता है। बेशक, यह सच नहीं है। मैं पहली बार 1986 में हैली धूमकेतु देखने के लिए इस द्वीप पर गया था। दरअसल, सागर द्वीप एक छोटा सा द्वीप है, जहां मुख्य भूमि से कोई सीधी सड़क पहुंच नहीं है। आपको 3 से 4 किमी तक नाव से यात्रा करनी होगी। वहाँ एक पुलिस स्टेशन, स्कूल और सरकारी कार्यालय हैं।

कोलकाता की एक शौकिया खगोलीय सोसायटी ने हैली धूमकेतु को देखने के लिए इस स्थान का चयन किया था क्योंकि यह सभी प्रकार के प्रदूषण से मुक्त था और यहां केवल शाम 6 से 9 बजे के बीच ही बिजली रहती थी। हमने क्रिस्टल साफ़ आकाश में हैली धूमकेतु को देखा। हममें से जो बचेंगे वे 2061 में पुनः हैली धूमकेतु को देख सकेंगे।

मैंने गंगा सागर मेला देखा। यह द्वीप प्रदूषण मुक्त है तथा इसके समुद्रतट स्वच्छ हैं। वहाँ कपिल मुनि मंदिर है। मूल मंदिर 1960 के दशक में लहरों में बह गया था। वर्तमान मंदिर काफी हाल ही में निर्मित हुआ है। जनवरी 2024 में लगभग 65 लाख तीर्थयात्रियों ने पवित्र डुबकी लगाई।

सागर द्वीप सुन्दरवन का एक हिस्सा है। लेकिन इसमें कोई बाघ, मैंग्रोव वन या छोटी सहायक नदियाँ नहीं हैं, जो कि सुन्दरबन डेल्टा की विशेषता है - जो विश्व का सबसे बड़ा डेल्टा है।

सुंदरबन - विश्व का सबसे बड़ा डेल्टा

सुंदरबन - यह नाम ही विश्व भर के असंख्य साहसी लोगों पर जादू कर देता है। घने जंगलों के बीच खारे पानी में नौकायन करना वास्तव में एक अवास्तविक एहसास है, जो राजसी रॉयल बंगाल टाइगर्स और पृथ्वी पर सबसे विषैले सरीसृपों का घर है। यह अध्याय आपको इस अनोखे क्षेत्र के बारे में जानने में मदद करेगा।

बिनॉय गुप्ता

यूनेस्को विश्व धरोहर स्थल सुंदरवन, पश्चिम बंगाल के 24 परगना जिले के दक्षिण-पूर्वी छोर पर स्थित है - कोलकाता से लगभग 110 किमी. दूर। सुंदरवन क्षेत्र सैकड़ों खाड़ियों और सहायक नदियों से घिरा हुआ है। यह पृथ्वी पर बचे हुए सबसे आकर्षक और मनमोहक स्थानों में से एक है - वास्तव में एक अनदेखा स्वर्ग।

मैंने सुंदरबन क्षेत्र का दौरा किया, विशेष रूप से रॉयल बंगाल टाइगर को देखने के लिए। मैंने वहां दो रातें बिताईं। मैं रात में बाघों की दहाड़ सुन सकता था और दिन में उनके पैरों के निशान देख सकता था, लेकिन मुझे एक भी बाघ नहीं दिखा। मैंने विश्व के सबसे बड़े मैंग्रोव वन देखे - अनोखे मैंग्रोव वृक्षों की विभिन्न प्रजातियां, पशु, पक्षी, सरीसृप और बहुत कुछ।

गंगा और ब्रह्मपुत्र डेल्टा (गंगा डेल्टा)

गंगा (2525 किमी) और ब्रह्मपुत्र (3848 किमी) दोनों नदियाँ हिमालय से निकलती हैं, पहाड़ियों और पठारों से नीचे की ओर यात्रा करती हैं, क्रमशः उत्तर और पूर्वी भारत के कई राज्यों को पानी देती हैं; बांग्लादेश से होकर बहती हैं और सुंदरबन क्षेत्र में बंगाल की खाड़ी में प्रवेश करती हैं, तथा पूरे क्षेत्र को दुनिया के सबसे बड़े डेल्टा में बदल देती हैं।

गिनीज वर्ल्ड रिकॉर्ड के अनुसार, यह "बांग्लादेश और भारत के पश्चिम बंगाल में गंगा और ब्रह्मपुत्र नदियों द्वारा निर्मित दुनिया का सबसे बड़ा डेल्टा है"। डेल्टा का आकार त्रिभुज जैसा है और इसे "धनुषाकार" (चाप के आकार का) डेल्टा माना जाता है। इसका क्षेत्रफल 105,000 वर्ग किलोमीटर (41,000 वर्ग मील) से अधिक है तथा इसका अधिकांश भाग बांग्लादेश में स्थित है।

सुंदरबन और मैंग्रोव वन

सुंदरबन शब्द, जिसका अर्थ है सुंदरी वन, दो शब्दों से बना है: सुंदरी (मैंग्रोव वृक्ष की एक प्रजाति - हेरिटिएरा फ़ोम्स) और बान (वन)। सुंदरबन क्षेत्र गंगा डेल्टा में एक मैंग्रोव वन क्षेत्र है। इस क्षेत्र में 10,200 वर्ग किलोमीटर आरक्षित मैंग्रोव वन हैं। इनमें से 4,264 वर्ग किलोमीटर वन भारत के पश्चिम बंगाल में हैं। शेष 6,000 वर्ग किलोमीटर क्षेत्र बांग्लादेश में है। भारत में मैंग्रोव वनों के उत्तर और उत्तर-पश्चिम में 5,430 वर्ग किलोमीटर का गैर-वनीय, आबाद क्षेत्र भी

सुंदरबन के नाम से जाना जाता है। भारत में सुंदरबन क्षेत्र का संयुक्त वन और गैर-वन क्षेत्रफल 9,630 वर्ग किमी है।

9,630 वर्ग किलोमीटर में फैला सुंदरबन क्षेत्र नदियों, सहायक नदियों, मुहाना, खाड़ियों और चैनलों के जटिल जाल से घिरा हुआ है। 70% क्षेत्र खारे पानी से ढका हुआ है। यह क्षेत्र रॉयल बंगाल टाइगर, अन्य अनेक जानवरों, पक्षियों, सरीसृपों और अन्य प्राणियों का घर है, जिन्होंने अपने आपको अद्वितीय खारे वातावरण के अनुकूल बना लिया है।

सुंदरबन टाइगर रिजर्व

सुन्दरबन विश्व का एकमात्र मैंग्रोव वन है जो बाघों का घर है। 1973 में भारत सरकार ने वन्यजीव (संरक्षण) अधिनियम 1972 के तहत 2585 वर्ग किलोमीटर क्षेत्र को सुंदरबन टाइगर रिजर्व के रूप में अधिसूचित किया और इसे प्रोजेक्ट टाइगर योजना के अंतर्गत लाया। पांच साल बाद, 1977 में, रिजर्व को वन्यजीव अभयारण्य का दर्जा दे दिया गया।

4 मई 1984 को 1,330 वर्ग किलोमीटर के मुख्य क्षेत्र को राष्ट्रीय उद्यान का दर्जा दिया गया। 1987 में यूनेस्को ने इस पार्क को विश्व धरोहर स्थल के रूप में मान्यता दी। सुन्दरबन टाइगर रिजर्व में विश्व के किसी भी अन्य टाइगर रिजर्व से अधिक बाघ हैं। सुंदरबन में बाघों के आधिकारिक आंकड़े निम्नलिखित हैं। सुंदरबन में 215 बाघों में से 101 भारत में और 114 बांग्लादेश में हैं।

1972 1979 1984 1989 1993 1995 1997 2001-02* 2018 2019 2023

---

60 205 264 269 251 242 263 245 214 210 21 5

नोट: भारत में बाघों की संख्या मैंग्रोव वनों की अनुमानित वहन क्षमता 4.68 बाघ प्रति 100 वर्ग किलोमीटर के करीब है।

भयानक बाघों की उपस्थिति के बावजूद, जिनमें से कई नरभक्षी हैं, स्थानीय ग्रामीण शहद इकट्ठा करने या लकड़ी काटने के लिए जंगलों में जाते हैं। कभी-कभी उन पर बाघों द्वारा हमला भी किया जाता है। हमला किये गये लगभग एक चौथाई बाघ मारे जाते हैं।

स्थानीय ग्रामीण बाघों से अपनी सुरक्षा के लिए बोनबीबी (स्थानीय वन देवता) और दक्षिण रे (एक राक्षस जो बाघ का रूप धारण करता है) की पूजा करते हैं। बाघ आमतौर पर पीछे से हमला करते हैं। इस कारण से, जंगल में घूमते समय ग्रामीण अपने सिर के पीछे चमकीले रंग के मुखौटे पहनते हैं, इस उम्मीद में कि इससे बाघों को धोखा मिलेगा।

सुंदरबन टाइगर्स के बारे में कुछ अनोखे तथ्य

1. सुंदरबन डेल्टा में बाघ जलीय और स्थलीय दोनों पारिस्थितिकी तंत्रों का शीर्ष शिकारी है।

2. बाघ का लगभग 17.5% भोजन मछली जैसे जलीय स्रोतों से प्राप्त होता है।

3. एक बाघ को प्रतिदिन 7.5 किलोग्राम मांस की आवश्यकता होती है।

4. एक जंगली बाघ को घूमने के लिए 10 वर्ग किलोमीटर क्षेत्र की आवश्यकता होती है।

5. सुन्दरबन के केवल 5% बाघ ही नरभक्षी हैं।

6. मादा 18 महीने तक शावकों की देखभाल करती है। नर आमतौर पर शावकों के प्रति असहिष्णु होते हैं।

फरवरी और मई की दो चरम ज्वार अवधियों के दौरान, सुंदरवन में बाघों द्वारा बनाए गए क्षेत्रीय चिह्न दैनिक ज्वार के कारण मिट जाते हैं। इस दौरान बाघ भ्रमित हो जाते हैं और प्रायः 8 किलोमीटर चौड़ी नदियों को तैरकर पार करते हुए पाए जाते हैं।

धान पकने के समय बाघ धान के खेतों में कई किलोमीटर अंदर तक घुस आते हैं और वहां मवेशियों का शिकार करते हैं।

मानवभक्षी बाघों के सबसे आसान शिकार लकड़ी काटने वाले, मछुआरे और शहद इकट्ठा करने वाले होते हैं। मछुआरे सबसे ज्यादा पीड़ित हैं।

सुंदरबन बायोस्फीयर रिजर्व

विशाल सुंदरबन क्षेत्र में संरक्षण, अनुसंधान और प्रशिक्षण गतिविधियों को समन्वित और एकीकृत करने के लिए, 29 मार्च 1989 को भारत सरकार ने पूरे 9,630 वर्ग किमी क्षेत्र को सुंदरबन बायोस्फीयर रिजर्व के रूप में अधिसूचित किया। इस सुंदरबन बायोस्फीयर रिजर्व में तीस लाख से अधिक लोग रहते हैं।

नवंबर 2001 में, यूनेस्को ने सुंदरबन बायोस्फीयर रिजर्व क्षेत्र को अपने मानव और बायोस्फीयर (एमएबी) कार्यक्रम के तहत मान्यता दी।

अद्वितीय अंतर-ज्वारीय आवास

सुंदरबन डेल्टा में अनेक नदियों, खाड़ियों और नहरों का पानी ज्वार के साथ बढ़ता और घटता रहता है। समुद्र से खारा पानी प्रतिदिन दो बार अंदर-बाहर आता है, जिससे यह क्षेत्र रहने के लिए सर्वाधिक दुर्गम क्षेत्रों

में से एक बन गया है। यहां के अधिकांश जीव-जंतुओं - पशुओं और पौधों - स्थलीय और जलीय - ने जीवित रहने के लिए अद्वितीय अनुकूलन विकसित कर लिए हैं। उदाहरण के लिए, यहाँ का बाघ एक अच्छा तैराक है। उसने मछली पकड़ना सीख लिया है।

मैंग्रोव वनों में, पानी के किनारे, आपको अनोखी मड स्किपर मछली मिलेगी, जो जमीन पर चलती है और पेड़ों पर भी चढ़ सकती है। इसके पंख दो छोटे भुजानुमा पंखों में विकसित हो गए हैं, जो इसे जमीन पर चलने में सक्षम बनाते हैं। मडस्किपर अपनी त्वचा तथा मुंह और गले की परत के माध्यम से सांस ले सकते हैं। यहाँ रक्त-लाल रंग के अनेक फिडलर केकड़े पाए जाते हैं।

मुझे मड स्किपर बहुत पसंद था और मैं अपने एक्वेरियम के लिए कुछ मड स्किपर घर लाना चाहता था। लेकिन मेरे लिए सही वातावरण उपलब्ध कराना संभव नहीं था - हर दिन दो बार पानी का बढ़ना और गिरना। मैंने भारत के बाहर भी ऐसे एक्वेरियम देखे हैं जो इस वातावरण की नकल करते हैं।

मैंग्रोव वृक्षों में अजीब हवाई जड़ें विकसित हो गई हैं। उनकी जड़ों के छिद्र उच्च ज्वार के दौरान बंद हो जाते हैं और पानी कम होने पर खुल जाते हैं।

सुंदरबन में पशु और पक्षी जीवन

मुझे यह जानकर आश्चर्य हुआ कि बाघ के अलावा, सुंदरबन के प्रतिकूल इलाकों में हिरण, जंगली सूअर, बंदर, जंगली बिल्लियाँ और मछली पकड़ने वाली बिल्लियाँ भी बहुतायत में हैं। यहां अनेक जलीय स्तनधारी जीव हैं - डॉल्फिन और पोरपोईज - जैसे गंगा डॉल्फिन, इंडो-पैसिफिक हंप-बैक डॉल्फिन, इरावदी डॉल्फिन और पंख रहित पोरपोईज।

यहाँ कई सरीसृप हैं - नदी टेरापिन, ओलिव रिडले, एस्टुअरीन मगरमच्छ (दुनिया का सबसे बड़ा मगरमच्छ), मॉनिटर छिपकली, जल मॉनिटर और भारतीय अजगर। मैंने 1968 में एक अजगर को पालतू जानवर के रूप में रखा था। लेकिन अब कठोर भारतीय वन्य जीव संरक्षण अधिनियम 1972 के कारण यह संभव नहीं है।

यह क्षेत्र पक्षी जीवन से समृद्ध है। यहां प्रचुर मात्रा में जल पक्षी हैं - एशियाई ओपन बिल स्टॉर्क, काली गर्दन वाला स्टॉर्क, बड़ा सहायक स्टॉर्क, सफेद आइबिस, स्वैम्प फ्रैंकोलिन, सफेद कॉलर वाला किंगफिशर, काली टोपी वाला किंगफिशर, भूरे पंखों वाला किंगफिशर आदि। दूर-दूर से अनेक प्रवासी पक्षी भी आते हैं।

यहां दलदली पक्षियों की कई प्रजातियां पाई जाती हैं - जैसे - एग्रेट्स, पर्पल हेरोन, तथा ग्रीन-बैक्ड हेरोन। यहां अनेक शिकारी पक्षी भी हैं - ओस्प्रे, पल्लास फिश ईगल, व्हाइट-बेलिड सी-ईगल, ग्रे-हेडेड फिशिंग ईगल, पेरेग्रीन फाल्कन, ओरिएंटल हॉबी, नॉर्दर्न ईगल उल्लू और ब्राउन फिश उल्लू।

सुंदरबन कैसे पहुंचें?

मुझे लगता है कि किसी कारणवश सुंदरबन को उतना ध्यान और प्रचार नहीं मिला जितना मिलना चाहिए था और यह एक रहस्यमयी स्थान बना हुआ है। इसका प्रारंभिक स्थान कोलकाता (कलकत्ता) है। कोलकाता से दो रास्ते हैं। एक दक्षिण की ओर दक्षिण-पश्चिम की ओर जाता है, दूसरा दक्षिण की ओर दक्षिण-पूर्व की ओर जाता है। किसी भी तरह से आपको लगभग 100 किमी गाड़ी चलानी होगी। सड़क बहुत अच्छी है. फिर आपको नाव से पार जाना होगा।

मैंने दक्षिण पूर्व मार्ग से यात्रा की जो अधिक लोकप्रिय है। मैं 100 किलोमीटर की सुरम्य आर्द्रभूमि, कृषि क्षेत्रों, मछली पालन केंद्रों और वास्तविक ग्रामीण पश्चिम बंगाल से होकर सोनाखाली पहुंचा। वहां से मैंने सजनेखाली तक तीन घंटे की यात्रा की।

नाव की सवारी के दौरान मैं नदी के दोनों ओर पश्चिम बंगाल के कई गांवों से गुजरा। गाँव के अधिकांश लोग किसी न किसी प्रकार से मछली पकड़ने के काम में लगे हुए थे। मैंने महिलाओं और बच्चों को टाइगर प्रॉन फ्राई पकड़ने के लिए मछली पकड़ने के जाल खींचते देखा। उन्हें यह नहीं मालूम कि इससे पारिस्थितिकी तंत्र को बहुत नुकसान पहुंचता है।

सजनेखाली पक्षी अभयारण्य

मैंने साजनेखाली पक्षी अभयारण्य का दौरा किया। यह मतला और गुमडी नदियों के संगम पर स्थित है। मैंने अनेक प्रकार के पक्षी देखे - स्पॉटेड बिल्ड पेलिकन, कॉटन टील, हेरिंग गल, कैस्पियन टर्न, ग्रे हेरोन, लार्ज इग्रेट, नाइट हेरोन, ओपन-बिल्ड स्टॉर्क, व्हाइट आइबिस, कॉमन किंगफिशर, ब्राह्मिनी काइट और पैराडाइज फ्लाईकैचर। वनकर्मियों ने हमें बताया कि मैं सर्दियों के महीनों में एशियाई डौविचर (लिम्नोड्रोमस सेमीपाल्मेटस) नामक दुर्लभ प्रवासी पक्षी को देख सकता हूँ।

सुधन्यखलीमैंने

इस स्थान का दौरा किया। इसमें एक मानव निर्मित मैंग्रोव पार्क है जिसमें एक वॉच टावर भी है। सुंदरबन के जंगलों में पौधों की लगभग 64 प्रजातियां हैं। मैंने उनमें से अधिकांश को यहीं देखा। वॉच टावर से, दूर से, मैं हिरण, जल मॉनीटर आदि देख सकता था।

भगवतपुर मगरमच्छ परियोजना

मैंने भगवतपुर मगरमच्छ परियोजना का दौरा किया। यहां विश्व के सबसे बड़े मगरमच्छ का प्रजनन केंद्र और पालन केंद्र है।

यहां देखने लायक अन्य दिलचस्प जगहें भी हैं जैसे - हॉलिडे द्वीप, लोथियन द्वीप, कनक और नेटिधोपानी। हॉलिडे द्वीप वन्यजीव अभयारण्य और लोथियन द्वीप वन्यजीव अभयारण्य सुंदरबन के दक्षिण में स्थित हैं। ये अभयारण्य बाघ रिजर्व का हिस्सा नहीं हैं।

हैलिडे द्वीप शर्मीले भौंकने वाले हिरणों का घर है। कनक ओलिव रिडले कछुओं का घोंसला बनाने का स्थान है, जो अपना अधिकांश जीवन समुद्रों और महासागरों में बिताते हैं। ये कछुए प्रजनन के लिए लंबी दूरी तय करके उथले तटीय जल में आते हैं - अक्सर समुद्र से नदियों तक 100 किलोमीटर तक की यात्रा करते हैं।

मैंने नेतिधोपानी में 400 साल पुराने मंदिर के खंडहरों का दौरा किया और क्षेत्र के इतिहास पर विचार किया।

पियाली

कोलकाता से 72 किमी दूर स्थित पियाली वास्तव में सुंदरबन का प्रवेश द्वार है। यह एक सुन्दर विश्राम स्थल है। लेकिन मैंने वहां आराम नहीं किया। मैंने अक्टूबर में सुंदरबन का दौरा किया था जब वहां बहुत गर्मी नहीं थी। आप मानसून के अलावा साल भर इस जगह की यात्रा कर सकते हैं।

सुंदरबन की यात्रा एक अनोखा अनुभव है। एक ऐसी यात्रा जो कहीं नहीं जाती। सभ्यता से बहुत दूर, शक्तिशाली बंगाल बाघ की रहस्यमय भूमि पर। आप बाघ देख सकते हैं या नहीं, लेकिन देखने के लिए बहुत कुछ है...और साथ ही असली ग्रामीण बंगाल और उसकी संस्कृति भी।

सजनेखाली पर्यटक लॉज और सजनेखाली पक्षी अभयारण्य

मैं सजनेखाली में पर्यावरण अनुकूल सजनेखाली टूरिस्ट लॉज में रुका। इसका रखरखाव पश्चिम बंगाल पर्यटन विकास निगम लिमिटेड द्वारा किया जाता है। यह ग्रामीण, सरल और काफी किफायती है। यह सुंदरबन राष्ट्रीय उद्यान के अंदर एकमात्र लॉज है। मैंने मैंग्रोव इंटरप्रिटेशन सेंटर में कुछ समय बिताया और वन्य जीवन पर फिल्में देखीं और मेरी शंकाएं दूर हो गईं।

यदि आप अधिक विलासिता चाहते हैं, तो आप नदी के उस पार - सजनेखाली के सामने, सुंदरबन टाइगर कैंप में रह सकते हैं। यदि आप पूर्णतः परेशानी मुक्त पैकेज चाहते हैं, तो आप कोलकाता से वापसी के लिए 3 दिन/2 रात या 4 दिन/3 रात का क्रूज बुक कर सकते हैं। यह थोड़ा महंगा है. आप एक निजी लॉन्च भी किराए पर ले सकते हैं और अपनी व्यक्तिगत यात्रा कार्यक्रम की योजना बना सकते हैं।

डायनासोर और जीवाश्म

प्रौद्योगिकी का एक बड़ा लाभ यह है कि हम डायनासोर बनाने और उन्हें स्क्रीन पर दिखाने में सक्षम हैं, भले ही वे 65 मिलियन वर्ष पहले विलुप्त हो चुके हों। अचानक, हमारे पास एक ऐसा शानदार उपकरण आ गया है जो सपनों जितना ही अच्छा है।

वर्नर हर्ज़ोग

मुझे डायनासोर पार्क और जीवाश्म लकड़ी पार्क देखने का दुर्लभ सौभाग्य प्राप्त हुआ - दोनों ही भारत में हैं। ये अविस्मरणीय अनुभव थे। मैं समय में पीछे चला गया - लाखों वर्ष पीछे। अधिकांश लोगों को इन अनोखे स्थानों के अस्तित्व के बारे में पता ही नहीं है।

जुरासिक पार्क और उसके सीक्वल जैसे एनिमेटेड सिनेमा चित्रणों ने आम आदमी और बच्चों की कल्पना को जगाया है और हमें डायनासोर का सपना देखने पर मजबूर किया है। मैंने भी एक दिन डायनासोर से मिलने का सपना देखा था।

तथ्य यह है कि पृथ्वी पर कोई वास्तविक जुरासिक पार्क और कोई जीवित डायनासोर नहीं हैं। लेकिन कुछ जीवाश्म पार्क भी हैं जो काल्पनिक जुरासिक पार्कों की तरह ही दिलचस्प हैं। यहां हम डायनासोर के जीवाश्मों तथा जीवाश्मों के आधार पर बनाए गए अद्भुत मॉडलों को देख सकते हैं, तथा अपनी कल्पना को उड़ान दे सकते हैं।

जीवाश्म

जीवाश्म पत्थर जैसे दिखते हैं। लेकिन वे खनिजयुक्त या अन्यथा संरक्षित अवशेष या पशुओं (जैसे पैरों के निशान), पौधों और अन्य जीवों के निशान हैं।

डायनासोर प्रागैतिहासिक विलुप्त सरीसृप हैं जो लगभग 165 मिलियन वर्षों तक पृथ्वी पर विचरण करते रहे - लगभग 230 मिलियन वर्ष पूर्व मेसोज़ोइक युग के मध्य से लेकर अंतिम ट्राइऐसिक काल तक, लगभग 65 मिलियन वर्ष पूर्व क्रेटेशियस काल के अंत तक।

रिचर्ड ओवेन ने डायनासोर नाम गढ़ा

वैज्ञानिकों ने 1820 के दशक में डायनासोर का अध्ययन करना शुरू किया, जब उन्हें अंग्रेजी ग्रामीण इलाकों में दबी एक बड़े स्थलीय सरीसृप की हड्डियां मिलीं। 1842 में, ब्रिटेन के प्रमुख जीवाश्म विज्ञानी (वैज्ञानिक जो जीवाश्मों के अध्ययन में विशेषज्ञ हैं) सर रिचर्ड ओवेन ने तीन अलग-अलग जीवों - मेगालोसॉरस ("ग्रेट छिपकली"), इगुआनाडॉन ("इगुआना टूथ") और हिलेओसॉरस ("वुडलैंड छिपकली") की हड्डियों की जांच की।

इनमें से प्रत्येक प्राणी भूमि पर रहता था, किसी भी जीवित सरीसृप से बड़ा था, अपने पैरों को शरीर के नीचे रखकर चलता था, न कि बगल की ओर, तथा अन्य ज्ञात सरीसृपों की तुलना में उनके कूल्हों में तीन अधिक कशेरुकाएं थीं। ओवेन ने यह सिद्धांत बनाया कि तीनों मिलकर सरीसृपों का एक विशेष समूह बनाते हैं, जिसका नाम उन्होंने डायनासोरिया या

डायनासोर रखा, जो ग्रीक शब्द डीनोस ("भयानक") और साउरोस ("छिपकली" या "सरीसृप") से मिलकर बना है।

तब से, डायनासोर के जीवाश्म दुनिया भर में पाए जाते रहे हैं और जीवाश्म विज्ञानियों द्वारा उनका अध्ययन किया जाता रहा है। जीवाश्म ग्रह पर पूर्व जीवन के प्रमाण हैं। इन जीवाश्मों से जीवाश्म विज्ञानी यह अनुमान लगाने में सक्षम हैं कि वह विशेष प्राणी कैसा दिखता होगा।

जीवाश्म विज्ञानियों ने पारंपरिक रूप से डायनासोर समूह को दो वर्गों में विभाजित किया है: "पक्षी-कूल्हे वाला" ऑर्निथिस्किया और "छिपकली-कूल्हे वाला" सॉरिस्चिया। इनसे, डायनासोर को कई वंशों (जैसे टायरानोसॉरस या ट्राइसेराटॉप्स) में विभाजित किया गया है, और प्रत्येक वंश को एक या एक से अधिक प्रजातियों में विभाजित किया गया है।

कुछ डायनासोर द्विपाद थे, या वे दो पैरों पर चलते थे। कुछ लोग चार पैरों पर चलते थे (चतुष्पाद), और कुछ लोग इन दो चलने की शैलियों के बीच स्विच करने में सक्षम थे। कुछ डायनासोर एक प्रकार के शरीर कवच से ढके हुए थे। कुछ में पंख थे, जैसे उनके आधुनिक पक्षी रिश्तेदारों में होते हैं। कुछ लोग तेजी से आगे बढ़ रहे थे, जबकि अन्य लोग भारी और धीमी गति से आगे बढ़ रहे थे। अधिकांश डायनासोर शाकाहारी या पौधे खाने वाले थे, लेकिन कुछ मांसाहारी थे और अन्य डायनासोरों का शिकार करते थे या उनका मांस खाते थे।

जिस समय डायनासोर जीवित थे, पृथ्वी के सभी महाद्वीप एक भू-भाग में एक साथ जुड़े हुए थे, जो एक विशाल महाद्वीप था जिसे अब पैंजिया के नाम से जाना जाता है, तथा जो एक विशाल महासागर पैंथालासा से घिरा हुआ था। प्रारंभिक जुरासिक काल (लगभग 200 मिलियन वर्ष पूर्व) के दौरान, पैंजिया अलग-अलग महाद्वीपों में टूटने लगा और अपने साथ डायनासोर भी ले गया।

डायनासोर का अंत

लगभग 65 मिलियन वर्ष पहले क्रिटेशियस काल के अंत में डायनासोर रहस्यमय तरीके से लुप्त हो गये। लगभग उसी समय कई अन्य प्रकार के जीव-जंतु और पौधों की कई प्रजातियाँ भी विलुप्त हो गईं। इस सामूहिक विलुप्ति को समझाने के लिए कई सिद्धांत तैयार किए गए हैं। एक सिद्धांत के अनुसार, सामूहिक विलुप्ति का कारण उस समय घटित हुई एक बड़ी ज्वालामुखी या टेक्टोनिक गतिविधि थी।

एक अन्य सिद्धांत के अनुसार, लगभग 65.5 मिलियन वर्ष पूर्व, एक विशाल क्षुद्रग्रह पृथ्वी से टकराया था, जो 180 ट्रिलियन टन टीएनटी (एक विस्फोटक) के बल के साथ पृथ्वी पर उतरा था, जिससे पृथ्वी की सतह पर भारी मात्रा में राख फैल गई थी। पानी और सूर्य के प्रकाश से वंचित होकर पौधे और शैवाल मर गए, जिससे ग्रह के सभी शाकाहारी जीव मर गए। मांसाहारी कुछ समय तक शाकाहारी जानवरों के शवों पर जीवित रहे, फिर वे भी मर गए।

भारत में डायनासोर - राययोली, बालासिनोर के पास गांव (अहमदाबाद से 95 किमी)

भारत में भी डायनासोर पाए जाते थे। हममें से बहुत कम लोग जानते हैं कि अहमदाबाद से लगभग 95 किलोमीटर दूर गुजरात के बालासिनोर के पास राययोली नामक एक गाँव दुनिया के सबसे बड़े डायनासोर जीवाश्म स्थलों में से एक है। भारतीय भूवैज्ञानिक सर्वेक्षण के जीवाश्म वैज्ञानिकों

को 1983 में रायोली में डायनासोर की एक अनदेखी प्रजाति की हड्डियाँ मिलीं।

लेकिन लगभग दो दशक बाद, 2001 में ही संयुक्त राज्य अमेरिका के विश्वविद्यालयों से जीवाश्म विज्ञानी जीवाश्मों का अध्ययन करने पहुंचे। उन्हें एहसास हुआ कि उनके पास एक अज्ञात डायनासोर प्रजाति का आंशिक कंकाल है, और उन्होंने इसका नाम राजासौरस नर्मदेंसिस रखा, जिसका अर्थ है 'नर्मदा का राजसी डायनासोर।'

यहां डायनासोर की कम से कम 13 विभिन्न प्रजातियां रहती थीं।

इस क्षेत्र में एक जीवाश्म डायनासोर का घोंसला बनाने का स्थान और एक प्रागैतिहासिक दफन स्थल है। इस स्थल पर एक डायनासोर जीवाश्म पार्क का निर्माण किया गया है, जिसका बाड़ा 70 एकड़ से अधिक क्षेत्र में फैला हुआ है। यह देखने लायक है.

यहां डायनासोर का अध्ययन करने का सबसे अच्छा तरीका सुंदर राजकुमारी आलिया सुल्ताना बाबी द्वारा आयोजित स्थल का निर्देशित दौरा है, जो बालासिनोर की पूर्व रियासत की राजकुमारी हैं, जिन्हें इस क्षेत्र के जीवाश्मों में गहरी रुचि और विशेषज्ञता है, उन्होंने इस क्षेत्र का दौरा करने वाले जीवाश्म विज्ञानियों के साथ मिलकर काम किया है। आप उनके हेरिटेज होटल में भी ठहर सकते हैं।

गुजरात पर्यटन विभाग और गुजरात पारिस्थितिकी आयोग तथा अन्य संबंधित विभागों को यहां विश्व स्तरीय डायनासोर पार्क स्थापित करने के लिए यूनेस्को के साथ मामला उठाना चाहिए।

इण्ड्रोडा डायनासोर और जीवाश्म पार्क, गांधीनगर (अहमदाबाद से 16 किमी) डायनासोर देखने के लिए

आपको बालासिनोर के पास रायोली तक जाने की आवश्यकता नहीं है। आप इन्हें गुजरात के अहमदाबाद के गांधीनगर में साबरमती नदी के तट

के दोनों ओर 428 हेक्टेयर भूमि पर फैले इन्द्रोदा डायनासोर और जीवाश्म पार्क में देख सकते हैं।

इण्ड्रोडा डायनासोर और जीवाश्म पार्क दुनिया का दूसरा सबसे बड़ा डायनासोर अण्डा हैचरी है। इस पार्क की स्थापना भारतीय भूवैज्ञानिक सर्वेक्षण द्वारा की गई थी और यह भारत का एकमात्र डायनासोर संग्रहालय है। बालासिनोर के निकट राययोली में पाए गए कुछ डायनासोर के जीवाश्मों को इण्ड्रोडा डायनासोर एवं जीवाश्म पार्क में लाया गया है।

मैंने पार्क का दौरा किया जो 428 हेक्टेयर में फैला हुआ है। पार्क के तीन भाग हैं - एक वनस्पति उद्यान जिसमें विभिन्न प्रकार की औषधीय जड़ी-बूटियां हैं; एक चिड़ियाघर जिसमें विभिन्न प्रकार के पक्षी और जानवर हैं; और डायनासोर अनुभाग जिसमें गांधीनगर से लगभग 90 मिनट की दूरी पर स्थित बालासिनोर के पास रायोली गांव से प्राप्त डायनासोर के जीवाश्म हैं।

पार्क के डायनासोर अनुभाग में कई डायनासोर - टायरानोसॉरस रेक्स, मेगालोसॉरस, टाइटेनोसॉरस, बारापासॉरस, ब्राचियोसॉरस, अंटार्कटोसॉरस, स्टेगोसॉरस और इगुआनोडोन डायनासोर के आदमकद मॉडल प्रदर्शित किए गए हैं, साथ ही उनके अस्तित्व की अवधि और जानवरों की विशेषताओं का विवरण भी दिया गया है।

पार्क में प्रदर्शित जीवाश्म अंडे विभिन्न आकारों के हैं, जिनमें बत्तख के अंडे से लेकर तोप के गोले तक शामिल हैं। अंडों से पता चलता है कि लगभग 65 मिलियन वर्ष पहले यह पार्क डायनासोरों का निवास स्थान रहा होगा। यहीं पर मैंने पहली बार डायनासोर के अंडे और अन्य डायनासोर के जीवाश्म देखे।

जीवाश्म विज्ञानियों का मानना है कि डायनासोर की कम से कम सात प्रजातियां यहां रहती थीं और शोधकर्ताओं ने लगभग 10,000 डायनासोर के अंडों के जीवाश्म खोजे हैं, जिससे बालासिनोर के निकट राययोली दुनिया की सबसे बड़ी हैचरी में से एक बन गई है।

महाराष्ट्र में डायनासोर के अंडे और हड्डियां मिलीं

भारत के अन्य भागों में भी डायनासोर के अंडे और अन्य जीवाश्म पाए गए हैं। पूर्वी महाराष्ट्र में अमरावती से लगभग 60 किलोमीटर दूर सालबर्डी क्षेत्र में विशालकाय डायनासोर की हड्डियों और अंडों के जीवाश्म मिले हैं, जिनकी लंबाई लगभग 18-20 मीटर और वजन 10-13 टन था।

मध्य प्रदेश में डायनासोर के अंडे मिले

मध्य प्रदेश के जीवाश्म समृद्ध धार-मंडला क्षेत्र में डायनासोर के अंडे पाए गए। शिकारी इन अण्डों को मात्र 500 रुपये में बेचते पाये गये।

भारत के अन्य स्थानों में डायनासोर के अंडे और जीवाश्म

भारत में अन्य स्थानों पर भी डायनासोर के अंडे और जीवाश्म पाए गए हैं। लेकिन गुजरात में जो समृद्ध खोजें हुई हैं, वे अविश्वसनीय हैं। मेरा सुझाव है कि आप इस स्थान पर अवश्य जाएं, भले ही आपको डायनासोर में रुचि न हो।

पेट्रीफाइड लकड़ी या जीवाश्म लकड़ी

वृक्षों के तने और अन्य भाग बहुत लम्बे समय तक जीवित नहीं रह सकते। वे क्षयग्रस्त हो जाते हैं। लेकिन सही परिस्थितियों में, लाखों वर्षों के बाद, पेड़ पत्थर की लकड़ी में परिवर्तित हो जाते हैं। शब्द 'पेट्रिफाइड' ग्रीक

शब्द 'पेट्रो' से आया है जिसका अर्थ है 'चट्टान' या 'पत्थर'। पेट्रोलियम शब्द भी "पेट्रो" से आया है। पेट्रिफाइड वुड, जिसका शाब्दिक अर्थ है "पत्थर में बदली गई लकड़ी", एक प्रकार का जीवाश्म है।

यह वास्तव में जीवाश्म लकड़ी है जिसमें सभी कार्बनिक पदार्थों को खनिजों (अक्सर सिलिकेट, जैसे क्वार्ट्ज) से प्रतिस्थापित कर दिया गया है, जबकि लकड़ी की मूल संरचना को बरकरार रखा गया है। पत्थर बनने की प्रक्रिया आमतौर पर भूमिगत होती है, जब लकड़ी तलछट के नीचे दब जाती है और ऑक्सीजन की कमी के कारण शुरू में संरक्षित रहती है।

तलछट के माध्यम से बहने वाला खनिज-समृद्ध जल पौधों की कोशिकाओं में खनिज जमा करता है। पौधे का लिग्निन और सेल्यूलोज़ नष्ट हो जाता है। इसके स्थान पर पत्थर का साँचा बन जाता है। पत्थरीकरण प्रक्रिया के दौरान पानी/कीचड़ में मैंगनीज, लोहा और तांबा जैसे तत्व पत्थरीकृत लकड़ी को विभिन्न रंग प्रदान करते हैं।

जीवाश्म लकड़ी, लकड़ी की मूल संरचना को संरक्षित कर सकती है, जिसमें वृक्ष के छल्ले और ऊतक संरचनाएं शामिल हैं, सूक्ष्म स्तर तक, इसके सभी सूक्ष्म विवरणों के साथ। पेट्रीफाइड लकड़ी बहुत कठोर होती है, मोह पैमाने पर इसकी कठोरता 7 होती है - जो क्वार्ट्ज के समान है।

पेट्रिफाइड फॉरेस्ट नेशनल पार्क (एरिज़ोना, अमेरिका)

अमेरिका के एरिजोना स्थित पेट्रिफाइड फॉरेस्ट नेशनल पार्क में दुनिया के सबसे बड़े और सबसे रंगीन पेट्रिफाइड लकड़ी के भंडार हैं - जिनमें से अधिकांश में अराउकेरियोक्साइलॉन एरिजोनिकम प्रजाति है। लेकिन आपको पत्थर के पेड़ों को देखने के लिए अमेरिका तक आने की जरूरत नहीं है। आप उन्हें भारत में देख सकते हैं।

राष्ट्रीय जीवाश्म लकड़ी पार्क, तिरुवक्कराई (पुडुचेरी से 21 किलोमीटर)

अपने आधिकारिक काम के कारण मुझे अक्सर पुडुचेरी जाना पड़ता था। पुडुचेरी एक सुंदर विचित्र शहर है जिसमें औपनिवेशिक फ्रांसीसी अतीत के अवशेष मौजूद हैं। अरबिंदो आश्रम और समुद्र तट अनूठे हैं।

मैंने उस क्षेत्र के आसपास जीवाश्म पार्क के अस्तित्व के बारे में पढ़ा और अपने अधिकारियों से इसका पता लगाने को कहा। थोड़ी खोजबीन के बाद, उन्हें तमिलनाडु के विल्लुपुरम जिले के तिरुवक्कारई में राष्ट्रीय जीवाश्म लकड़ी पार्क का पता चला।

राष्ट्रीय जीवाश्म लकड़ी पार्क, तिरुवक्करई, पुडुचेरी से लगभग 21 किलोमीटर दूर एक भूवैज्ञानिक पार्क है जिसका रखरखाव भारतीय भूवैज्ञानिक सर्वेक्षण द्वारा किया जाता है। इसकी स्थापना 1940 में हुई थी।

मैं और मेरे अधिकारी वहां गये। वहां तीन फुट ऊंची कमजोर तार की बाड़ लगी हुई थी, जिस पर ताला लगा हुआ था। कोई भी व्यक्ति बाड़ फांदकर जो चाहे ले जा सकता था। लेकिन जाहिर है, मेरी स्थिति के कारण हम ऐसा नहीं कर सके। हमें अपनी गरिमा बनाए रखनी थी। इसलिए हमने किसी को पास के गांव में गार्ड का पता लगाने के लिए भेजा और उसके आने के बाद ही फॉसिल पार्क में प्रवेश किया। उन्होंने मुझे जीवाश्म लकड़ी का एक छोटा सा टुकड़ा भेंट किया। यह आज भी मेरे पास है।

लकड़ी के जीवाश्म

पार्क में नौ परिक्षेत्र हैं, जो लगभग 247 एकड़ (100 हेक्टेयर - लगभग 1 वर्ग किमी) में फैले हैं, लेकिन 247 एकड़ का केवल एक छोटा सा हिस्सा

ही जनता के लिए खुला है। पार्क में लगभग 200 जीवाश्म वृक्ष हैं। इनका आकार 3 से 15 मीटर (लंबाई 9.8 से 49.2 फीट) तक होती है। इनमें से कुछ की चौड़ाई 5 मीटर तक है। वे पार्क के मैदान में बिखरे पड़े हैं और आंशिक रूप से दबे हुए हैं। जीवाश्म तने पर कोई शाखा या पत्तियां नहीं बची हैं।

पूरे पार्क में बिखरे हुए *https://en.wikipedia.org/wiki/Petrified_wood* जीवाश्म लगभग 20 मिलियन वर्ष पुराने हैं। वैज्ञानिकों का मानना है कि ये जीवाश्म लाखों वर्ष पहले आई भीषण बाढ़ के दौरान बने थे। जीवाश्म व्यापक रूप से पत्थर बनने के कारण अच्छी तरह से संरक्षित हैं। पेड़ों के कुंडलाकार छल्ले और गड्ढे की संरचना स्पष्ट रूप से दिखाई देती है, जिससे छल्लों की गिनती करके उनकी उम्र का पता लगाया जा सकता है।

बेशक, कुछ अन्य स्थान भी हैं जहां आप जीवाश्म वृक्ष देख सकते हैं, लेकिन राष्ट्रीय जीवाश्म पार्क भी एक है। तिरुवक्कारै अद्वितीय है।

लद्दाख - बर्फ और रेत की रहस्यमय भूमि

लद्दाख - रेत और बर्फ की रहस्यमय भूमि और बोन धर्म का अनुयायी जिसे समय ने भुला दिया है।

लद्दाख रेत और बर्फ की रहस्यमय भूमि है। आपने सही पढ़ा - रेत और बर्फ! मैं वहां दो कूबड़ वाले ऊँटों पर सवार हुआ। मैं बर्फ से ढके पहाड़ों और ग्लेशियरों से होकर चला। ट्रक खराब हो जाने के कारण सड़क अवरुद्ध हो जाने के कारण मैं रेगिस्तान तक नहीं पहुंच सका।

लद्दाख का मूल धर्म

लद्दाख के लोग मुख्यतः बौद्ध हैं। लद्दाख पर तिब्बती बौद्ध धर्म का गहरा प्रभाव रहा है, जो महायान और वज्रयान विचारधाराओं का अनुसरण करता है। बौद्ध धर्म के इन रूपों में, बुद्ध को एक ऐसे देवता के रूप में पूजा जाता है जिन्होंने निर्वाण (जन्म और मृत्यु के चक्र से मुक्ति) प्राप्त कर ली है।

बुद्ध के विभिन्न अवतारों, जिन्हें बोधिसत्व के नाम से जाना जाता है, की भी पूजा कई मठों में की जाती है। लेकिन यहां का मूल धर्म बोन था। लद्दाख और तिब्बत में बोन धर्म के इस दिलचस्प इतिहास के बारे में बहुत कम लोग जानते हैं।

बॉन - बौद्ध धर्म से पहले

मैं लद्दाख के प्राचीन धर्म - बोन - के बारे में अधिक जानने के लिए बहुत उत्सुक था। लद्दाख (और तिब्बत) का मूल धर्म बौद्ध धर्म नहीं था, बल्कि बॉन था, जिसकी स्थापना तोंपा शेनराब या जीशेन-रब मी-बो (जिन्हें बुद्ध शेनराब, गुरु शेनराब, तोंपा शेनराब मिवोचे, भगवान शेनराब मिवो और अन्य उपाधियों से भी जाना जाता है) ने की थी। जीशेनराब मी-बो http://en.wikipedia.org/wiki/B%C3%B6nबॉन धर्म के संस्थापक हैं और बौद्ध धर्म में बुद्ध के समान ही उनका स्थान है।

बुद्ध की तरह, तोन्पा शेनराब का जन्म भी राजसी परिवार में हुआ था। तोंपा शेनराब ने बुद्ध की तरह ज्ञान के मार्ग पर चलने के लिए 31 वर्ष की आयु में अपना राजसी घर छोड़ दिया। तोंपा शेनराब ने संन्यासी का जीवन अपनाया और तपस्या आरम्भ की, तथा कैलाश पर्वत के निकट झांगझुंग की भूमि में धर्म का प्रचार किया।

हमारे पास उनकी ऐतिहासिकता, उनकी तिथियों, उनकी जातीय उत्पत्ति, उनकी गतिविधियों तथा उन पर सीधे आरोप लगाए गए या उनके द्वारा कहे गए माने जाने वाले असंख्य पुस्तकों की प्रामाणिकता स्थापित करने के लिए कोई विश्वसनीय स्रोत नहीं है।

बोन के अनुयायी कहते हैं कि उनकी मृत्यु के बाद उनके ग्रंथों को उसी तरह लिखा गया जिस तरह बौद्ध धर्मग्रंथों को संकलित किया गया था। 10वीं शताब्दी से पूर्व की कोई सामग्री उपलब्ध नहीं है जो उनकी तिब्बत यात्रा जैसी गतिविधियों पर प्रकाश डालती हो।

बौद्ध धर्म की एक नई लहर लद्दाख में तब प्रवेश कर गई जब त्सोंगखापा द्वारा निर्मित गेलुग्पा के सुधारवादी संप्रदाय ने 15वीं शताब्दी में मठों की पुनः स्थापना की। पूर्ववर्ती बोन धर्म के अधिकांश पुराने मंदिरों को वर्तमान बौद्ध मठों में परिवर्तित कर दिया गया।

1979 से, बॉन को एक धार्मिक समूह के रूप में आधिकारिक मान्यता प्राप्त हो गई है, तथा अन्य बौद्ध मतों के समान अधिकार भी प्राप्त हो गए हैं। 1987 में दलाई लामा ने भी इस बात को दोहराया और बोनपो लोगों के विरुद्ध भेदभाव की मनाही की तथा कहा कि यह अलोकतांत्रिक और आत्मघाती है। यहां तक कि उन्होंने बॉन अनुष्ठान संबंधी सामग्री भी धारण की, तथा "बॉन धर्म की धार्मिक समानता" पर जोर दिया। दलाई लामा अब बोन को पांचवें तिब्बती धर्म के रूप में देखते हैं और उन्होंने धर्मशाला स्थित धार्मिक मामलों की परिषद में बोनपो को प्रतिनिधित्व दिया है।

तिब्बती बौद्ध धर्म की पौराणिक कथाओं में विभिन्न आत्माओं और राक्षसों की कई कहानियाँ हैं। अच्छे और बुरे दोनों गुणों के इन चित्रणों को मुखौटों के रूप में दर्शाया जाता है और उनकी कहानियों को लद्दाख के विभिन्न गोम्पाओं (पूजा स्थलों) में वार्षिक उत्सवों के दौरान मुखौटा नृत्य के रूप में प्रदर्शित किया जाता है।

लद्दाख के बौद्ध परमपावन दलाई लामा को अपना सर्वोच्च आध्यात्मिक नेता और बुद्ध का जीवित अवतार मानते हैं।

मेरी लद्दाख यात्रा

कई वर्षों से मैं लद्दाख जाने की योजना बना रहा था। मैंने लेह के लिए उड़ान की बुकिंग भी करा ली। लेकिन किसी न किसी कारण से यात्रा रद्द करनी पड़ी। अंततः मैंने अप्रैल 2008 में जाने का निर्णय लिया। अब मुझे कोई नहीं रोक सकता था.

मैंने लेह के कुछ होटलों और ट्रैवल एजेंटों को फोन किया। उन्होंने मुझे बताया कि वहां बहुत अधिक बर्फ और हिमपात है। मैं शायद होटल से बाहर नहीं जा पाऊंगी इसलिए मुझे अपनी यात्रा दो सप्ताह के लिए स्थगित कर देनी चाहिए। लेकिन मैं बेहद खुश था क्योंकि मैं वास्तव में

बर्फ और हिम देखना चाहता था - जितना अधिक होगा उतना अच्छा होगा।

उस समय मुंबई से लेह के लिए कोई सीधी उड़ान नहीं थी। मैंने नई दिल्ली के लिए रात की उड़ान ली और फिर नई दिल्ली से लेह के लिए सुबह की उड़ान ली। अब मुंबई से भी सीधी उड़ानें हैं। विमान पहले मैदानों के ऊपर से उड़ा, फिर भूरी और काली पहाड़ियों के ऊपर से उड़ा। अचानक मुझे दूर-दूर तक हिमालय दिखाई देने लगा। विमान ने बर्फ से ढके पहाड़ों के ऊपर 36,000 फीट की ऊंचाई पर उड़ान भरी।

सबसे पहले हमने महान हिमालय पर्वतमाला के ऊपर से उड़ान भरी। फिर हम ज़ांस्कर पर्वतमाला के ऊपर से उड़े। नीचे हम बड़े-बड़े ग्लेशियरों को चमकते पानी की धारा में बदलते हुए देख सकते थे, जो आपस में मिलकर विशाल नदियों का निर्माण करते थे, जो मैदानों को सींचती थीं। दूर से हमें लद्दाख पर्वतमाला दिखाई दे रही थी।

अचानक, नीचे सब कुछ चमकदार सफेद हो गया। विमान बर्फ से ढके पहाड़ों, जमे हुए मैदानों और ग्लेशियरों के ऊपर से गुजर रहा था। जैसे ही विमान नीचे उतरा, हम चमकती नदियों और झीलों के ऊपर से उड़े। अंततः विमान लेह एयरोस्पेस में प्रवेश कर गया। दूर-दूर तक मुझे पहाड़ की चोटियों के किनारों पर बने मठ दिखाई दे रहे थे।

लद्दाख की राजधानी

लेह, ज़ांस्कर और लद्दाख पर्वत श्रृंखलाओं के बीच स्थित है। लद्दाख में कोई रेलवे स्टेशन नहीं है। जब मैं लेह पहुंचा तो चारों ओर सब कुछ बर्फ और हिम से ढका हुआ था। और यही वह चीज़ है जिसे मैं देखना चाहता था। मैंने अपने होटल तक जाने के लिए एक टैक्सी किराये पर ली। सभी

टैक्सियों और अन्य वाहनों की छतें बर्फ से ढकी हुई थीं। होटल के बगीचे और छतें मोटी बर्फ से ढकी हुई थीं।

लेह 11,552 फीट (3,521 मीटर) की ऊंचाई पर है। वायुमंडल में ऑक्सीजन की मात्रा काफी कम है। पहले दिन बहुत अधिक परिश्रम करने से पर्वतीय बीमारी हो सकती है। मुझे सलाह दी गई कि मैं पहला दिन होटल में बिताऊं ताकि मेरा शरीर ऊंचाई वाले वातावरण के अनुकूल हो सके। लेकिन मैं खुद को रोक नहीं सका. शाम को मैं बाज़ार में घूमने निकला। दुर्लभ हवा ने मुझे सांस लेने में कठिनाई महसूस कराई।

लेह और उसके आसपास के दर्शनीय स्थल

अगले दो दिन मैंने लेह और उसके आसपास के स्थानों को देखने में बिताए। मैंने लेह के ऊपर एक पहाड़ी पर राजा सेंगगे नामग्याल द्वारा 1533 में निर्मित ऐतिहासिक नौ मंजिला महल का दौरा किया। इस महल ने ल्हासा (तिब्बत) के प्रसिद्ध पोटाला पैलेस के डिजाइन को प्रेरित किया, जिसे आधी सदी बाद बनाया गया।

मैं नौ मंजिलें चढ़ गया, सीलन भरे गलियारों से गुजरा और गुप्त कक्षों की खोज की। लेकिन थोड़ा सा चलने और चढ़ने से भी मेरी सांस फूलने लगती थी। मुझे कई बार रुकना पड़ा और फिर से सामान्य होने के लिए कुछ मिनटों तक गहरी सांस लेनी पड़ी।

मैंने लेह के बाहर एक पहाड़ी पर स्थित शांति स्तूप का दौरा किया। एक जापानी संगठन द्वारा निर्मित इस स्तूप में विशिष्ट जापानी स्पर्श है। इसका उद्घाटन 1985 में दलाई लामा द्वारा किया गया था। इस स्थान से मुझे सम्पूर्ण लेह का विहंगम दृश्य दिखाई दिया। मैंने लेह के बाहरी इलाके चोकलामसर गांव में दलाई लामा के साधारण, लेकिन आकर्षक, दो मंजिला, सुनहरी छत वाले ग्रीष्मकालीन निवास का दौरा किया।

पैंगोंग झील (140 किमी)

लद्दाख के प्रमुख आकर्षणों में से एक खूबसूरत पैंगोंग झील है। 6 किलोमीटर लंबी और 130 किलोमीटर चौड़ी यह झील बॉलीवुड फिल्म निर्माताओं के लिए पसंदीदा स्थान है। यह 4350 मीटर की ऊंचाई पर स्थित है और तिब्बत तक फैला हुआ है। मैंने उसी दिन वापस लौटने की योजना बनाई। मैं लेह से जल्दी निकल गया। लेकिन यदि आप झील पर जाएं तो वहां एक रात बिताने का प्रयास करें।

रास्ते में मैंने शे पैलेस और मठ (15 किमी), थिक्से मठ (20 किमी) तथा हेमिस और चेमरे मठ (दोनों 40 किमी) देखे और चांगला दर्रे (17,350 फीट) तक पहुंचा। मुझे इन सभी मठों का शांतिपूर्ण माहौल और प्रार्थना ड्रम बहुत पसंद आये।

दुनिया का तीसरा सबसे ऊंचा चांगला दर्रा इतना आकर्षक था कि मैंने वहां कुछ समय बिताने का निर्णय लिया। मैंने बहुत समय खेलने में बिताया। मैं बर्फ पर चला, कुछ स्थानों पर घुटनों तक पानी था। मैं बर्फ में लोटने लगा। बर्फ का आदमी बनाया, भारतीय सीमाओं की रक्षा कर रहे जवानों के साथ चाय-बिस्कुट खाया और दूर-दूर तक फैले अपने परिवारों के बारे में चर्चा की।

लामायुरू मठ (125 किमी)

एक दिन, मैं लद्दाख के सबसे पुराने धार्मिक स्थलों में से एक - लामायुरु मठ की यात्रा के लिए निकला। रास्ते में मैं बंजर पहाड़ियों से गुजरा। लेकिन आश्चर्य की बात यह थी कि पहाड़ियों का रंग बिल्कुल अलग था - बर्फ जैसा सफेद। उदास. गुलाबी और मौवे. मुझे ऐसा लगा जैसे मैं चाँद पर हूँ।

में मैदानी इलाकों की ओर अपनी लंबी यात्रा पर कलकल करती हुई चमकती हुई सिंधु नदी के किनारे-किनारे चला और पूरी तरह खिले हुए खुबानी के बागों से होकर गुजरा। लामायुरू मठ के नीचे के गांव में मैंने याक और पश्मीना भेड़ें देखीं, जो हमें दुनिया का सबसे बेहतरीन ऊन देते हैं। लद्दाख के जंगलों में याक बहुत कम हैं। लेकिन वे 3,200 मीटर से अधिक ऊंचाई पर रहते हैं। याक के फेफड़े अत्यंत बड़े होते हैं, जिससे वे दुर्लभ वातावरण में रह सकते हैं।

रास्ते में मैंने लेकिर मठ (52 किमी) और अलची मठ (70 किमी) का दौरा किया - जो लद्दाख में समतल भूमि पर बना एकमात्र मठ है। मैंने अनोखी मैग्नेटिक हिल (30 किमी) का दौरा किया, जो स्पष्ट रूप से गुरुत्वाकर्षण के नियम का उल्लंघन करती है - यहां धातु की सड़क पर न्यूट्रल गियर में पार्क किया गया वाहन पहाड़ी पर फिसल जाता है।

मैंने निमू में सिंधु और ज़ांस्कर नदियों का संगम (17 किमी) देखा। सचमुच एक आकर्षक दृश्य.

खारदुंग ला से नुब्रा घाटी

मैं नुब्रा घाटी घूमना चाहता था, जिसे फूलों की घाटी के नाम से भी जाना जाता है। लेह से यह सड़क खारदुंग ला दर्रे (40 किमी) से होकर गुजरती है - जो समुद्र तल से 18,390 फीट या 5602 मीटर ऊपर है - जो दुनिया की सबसे ऊंची मोटर योग्य सड़कों में से एक है।

लेकिन मैं दर्रे को पार नहीं कर सका। एक ट्रक खराब हो गया था जिससे संकरी सड़क अवरुद्ध हो गई थी और पूरा यातायात बाधित हो गया था। तो मैं बाहर निकला और बर्फ में खेलने लगा। मैं कुछ साइकिल सवारों से मिला जो मोटर बाइक से 5000 किलोमीटर की यात्रा करके खारदुंग ला दर्रे तक पहुंचे थे। उन्हें भी वापस लौटना पड़ा।

दर्रे से मैं नुब्रा घाटी के मुख्यालय, डिस्किट गांव तक जा सकता था; दो कूबड़ वाले ऊंटों पर सवार होकर असली रेत के टीलों को पार कर लगभग दो घंटे में हुंडर गांव तक जा सकता था; और यहां तक कि पनामिक गांव के निकट कई गर्म झरनों को भी देख सकता था। लेकिन किस्मत को कुछ और ही मंजूर था।

मैंने लेह के बाहरी इलाके में एक सरकारी ऊँट प्रजनन केंद्र का पता लगाया और जीवाणु (दो-कूबड़ वाले) ऊँटों पर सवारी की।

प्राचीन एवं अनोखी प्रथाएं

लद्दाख एक अनोखी जगह है, जो अद्वितीय विचित्रता और प्राचीनता से परिपूर्ण है। ऐसा प्रतीत होता है कि यह इतिहास के पन्नों में खो गया है। मुझे पता चला कि परंपरागत रूप से लद्दाखी परिवार लामा बनने के लिए अपने एक बेटे को दान कर देते थे (यह प्रथा धीरे-धीरे लुप्त हो रही है)। मठों ने उन्हें शिक्षित और प्रशिक्षित किया।

थाईलैंड में भी, परिवार अपने बेटों को एक या दो महीने के लिए मठों में भिक्षु के रूप में रहने के लिए भेजते हैं।

तिब्बती चिकित्सा

तिब्बती चिकित्सा एक प्राचीन चिकित्सा प्रणाली है जो भारतीय बौद्ध चिकित्सा प्रणाली पर आधारित है, जिसे स्वयं बुद्ध ने लगभग 2500 वर्ष पहले विकसित किया था। यह स्वदेशी स्वास्थ्य देखभाल प्रणाली लद्दाखी समुदायों की स्वास्थ्य देखभाल में महत्वपूर्ण भूमिका निभाती है। लद्दाख में इस पद्धति को अपनाने वालों को 'आमची' के नाम से जाना जाता है। ये कौशल आमतौर पर गांव में पिता से बेटे या बेटी को हस्तांतरित होते हैं। कई आमची ऐसे हैं जो छठी पीढ़ी में हैं। आमची गांव

वालों को मुफ्त स्वास्थ्य सेवा प्रदान करते हैं। वे आमतौर पर खगोल विज्ञान और ज्योतिष में भी काफी जानकार होते हैं। अक्सर वे मजबूत सामुदायिक नेता या ग्राम प्रधान भी होते हैं।

बदले में, ग्रामीण आमचियों का सम्मान करते हैं और उनकी कृषि गतिविधियों और भेंटों में उनकी मदद करते हैं। मेरी मुलाकात एक आमची से हुई, जो पारंपरिक ग्रामीण चिकित्सकों में से एक हैं, जो इस आधुनिक स्वार्थी युग में भी ग्रामीणों को मुफ्त चिकित्सा सेवाएं प्रदान करते हैं। नये आमचियों को पूरे गांव के सामने मौखिक रूप से अपनी उत्तीर्णता परीक्षा देनी होती है। उनकी जांच आसपास के गांवों के वरिष्ठ आमचियों के एक पैनल द्वारा की जाती है।

दैवज्ञ (पुरुष और महिला दोनों) लद्दाखी भविष्यवक्ता हैं। वह बीमारियों को ठीक करता है और सभी सांसारिक समस्याओं का समाधान करता है।

खेल एवं अन्य गतिविधियाँ

लद्दाख ट्रेकर्स का स्वर्ग है। मैंने व्हाइट वाटर राफ्टिंग और ऊँट सफारी का आनंद लिया। यदि आप पशु जीवन में रुचि रखते हैं, तो आप अत्यधिक लुप्तप्राय पक्षियों और जानवरों को देख सकते हैं।

आप ऊंचे पहाड़ों पर नाटकीय ढंग से स्थित प्राचीन मठों में घूम सकते हैं, जैसा कि मैंने किया, भिक्षुओं के साथ उनकी दैनिक प्रार्थना में शामिल हो सकते हैं, तथा प्राचीन महलों के रहस्यमयी गलियारों का पता लगा सकते हैं। मैं लेह के बाजार क्षेत्र की गलियों में घूमता रहा। मैंने उपहार देने के लिए कुछ स्थानीय हस्तशिल्प वस्तुएं खरीदीं।

अन्य आकर्षक स्थान

यहां देखने लायक अनोखी चीजों में से एक हैं, धहानु (163 किमी) में ब्रोक्पा समुदाय (शुद्ध आर्यों की अंतिम जाति) के सदस्य, और ऊंचे बर्फ से ढके पहाड़ों से घिरी खूबसूरत त्सोमोरिरी झील (137 किमी)।

लद्दाख एक खूबसूरत जगह है - रेत और बर्फ की रहस्यमय भूमि, जिसे समय ने भुला दिया है। यहां देखने के लिए बहुत कुछ है. लोग सरल और बहुत ईमानदार हैं, जो आज की दुनिया में एक दुर्लभ संयोजन है।

आपको लद्दाख और वहां के लोग बहुत पसंद आएंगे।

भारत के राष्ट्रीय उद्यान एवं वन्यजीव अभयारण्य

वन असीम दयालुता और परोपकार का एक अनोखा जीव है, जो अपने भरण-पोषण के लिए कोई मांग नहीं करता तथा अपने जीवन की उपज उदारतापूर्वक वितरित करता है; यह सभी प्राणियों को सुरक्षा प्रदान करता है, यहां तक कि इसे नष्ट करने वाले कुल्हाड़ीधारी व्यक्ति को भी छाया प्रदान करता है।

गौतम बुद्ध

मुझे तीन जानवर विशेष रूप से आकर्षक लगे – शेर, बाघ और गैंडा। आप इन जानवरों को चिड़ियाघर में देख सकते हैं। हो सकता है, पास में ही कोई चिड़ियाघर हो। आपने इन जानवरों को अवश्य देखा होगा। मैंने एक बार कर्नाटक के शिमोगा (शिवमोगा) चिड़ियाघर में कुछ बहुत मोटे बाघ देखे थे। चिड़ियाघर के रखवाले ने मुझे बताया कि वह उन्हें सप्ताह में एक बार उपवास करने के लिए मजबूर कर रहा है। सभी चिड़ियाघरों में स्थिति कमोबेश एक जैसी है। लेकिन इन जानवरों को उनके प्राकृतिक परिवेश में - राष्ट्रीय उद्यानों और वन्य जीवन अभयारण्यों में देखना एक अलग ही बात है।

भारत का पहला राष्ट्रीय उद्यान - हैली राष्ट्रीय उद्यान, जिसे अब जिम कॉर्बेट राष्ट्रीय उद्यान के नाम से जाना जाता है, उत्तराखंड में 1936 में

स्थापित किया गया था। 1970 तक भारत में केवल पांच राष्ट्रीय उद्यान थे। भारत ने 1972 में वन्यजीव संरक्षण अधिनियम बनाया तथा अगले वर्ष 1973 में प्रोजेक्ट टाइगर को अपनाया। राष्ट्रीय उद्यानों और अभयारण्यों की संख्या धीरे-धीरे बढ़ी है। आज भारत में 104 राष्ट्रीय उद्यान और 551 वन्यजीव अभयारण्य हैं। इसलिए हमारे पास विविधता की भरमार है।

स्वतंत्रता से **पूर्व**, भारत के राजाओं और राजकुमारों के पास अपने निजी जंगल थे जहां वे अपने दोस्तों और मेहमानों के साथ बड़े शिकार का शिकार करते थे। कड़ी सजा के डर से कोई भी इन जंगलों में अवैध शिकार करने की हिम्मत नहीं करता। इससे वन्य जीवन के संरक्षण में मदद मिली।

लेकिन प्राकृतिक आवासों के विनाश, बढ़ते अवैध शिकार से पशुओं की हानि, सूखा और बाढ़ जैसी प्राकृतिक आपदाओं तथा मनुष्यों के साथ संघर्ष के कारण, पशुओं के निवास क्षेत्रों की सुरक्षा करके उन्हें संरक्षित करने की आवश्यकता थी। इससे पूरे देश में राष्ट्रीय उद्यान और वन्यजीव अभयारण्य स्थापित करना आवश्यक हो गया।

राष्ट्रीय उद्यान और अभयारण्य – अंतर

क्या आप राष्ट्रीय उद्यानों और अभयारण्यों के बीच अंतर जानते हैं? राष्ट्रीय उद्यानों और अभयारण्यों के बीच अंतर यह है कि अभयारण्यों में कुछ हद तक मानवीय गतिविधि की अनुमति होती है, लेकिन राष्ट्रीय उद्यानों में मानवीय गतिविधि लगभग पूरी तरह से प्रतिबंधित होती है। कई राष्ट्रीय उद्यान वन्यजीव अभयारण्यों के रूप में शुरू हुए।

कई राष्ट्रीय उद्यान और अभयारण्य विशिष्ट जानवरों के लिए प्रसिद्ध हैं, जैसे जिम कॉर्बेट राष्ट्रीय उद्यान, रणथंभौर राष्ट्रीय उद्यान और सुंदरबन

राष्ट्रीय उद्यान बाघों के लिए प्रसिद्ध हैं; गिर राष्ट्रीय उद्यान शेरों के लिए प्रसिद्ध है; काजीरंगा राष्ट्रीय उद्यान अपने गैंडों के लिए प्रसिद्ध है, आदि। लेकिन सभी राष्ट्रीय उद्यानों और अभयारण्यों में बड़ी संख्या में अन्य जानवर, पक्षी और पौधे भी होते हैं।

भारत में प्रोजेक्ट टाइगर द्वारा शासित 55 बाघ अभयारण्य हैं। ये विशेष रूप से बाघ के संरक्षण में शामिल हैं।

एशियाई शेर

सौ साल से कुछ अधिक समय पहले तक एशियाई शेर ग्रीस से लेकर पश्चिम एशिया, दिल्ली, बिहार और बंगाल तक फैले विशाल क्षेत्र में विचरण करते थे। लेकिन निर्मम हत्या ने अपना असर दिखाया। भारत में गिर वन के बाहर अंतिम एशियाई शेर 1884 में देखा गया था।

विलुप्ति के कगार पर - जूनागढ़ के नवाब की भूमिका

1884 से सभी एशियाई शेर गिर वन में निवास करते हैं, जो जूनागढ़ के नवाब का निजी शिकार संरक्षित क्षेत्र है। 1899 के अकाल ने शेरों को लगभग खत्म कर दिया था। 1900 में जूनागढ़ के नवाब ने भारत के तत्कालीन वायसराय लॉर्ड कर्जन को शेर के शिकार के लिए आमंत्रित किया। इस निमंत्रण के कारण एक समाचार पत्र में एक गुमनाम पत्र प्रकाशित हुआ, जिसमें लेखक ने लुप्तप्राय प्रजातियों के वीआईपी शिकार के औचित्य पर सवाल उठाया था। लॉर्ड कर्जन ने न केवल शिकार को रद्द कर दिया, बल्कि उन्होंने नवाब से लुप्तप्राय शेरों की रक्षा करने का भी अनुरोध किया। बदले में नवाब ने शेर को संरक्षित पशु घोषित कर दिया।

1913 तक गिर वन में शेरों की जनसंख्या घटकर बीस से भी कम रह गयी थी। सुरक्षात्मक उपाय के रूप में, ब्रिटिश सरकार ने शेरों के शिकार पर पूर्ण प्रतिबंध लगा दिया। शेरों की संख्या धीरे-धीरे बढ़ती गई। 1949 तक गिर वन में शेरों की संख्या लगभग 100 हो गयी। आज शेरों की संख्या 674 है।

गिर राष्ट्रीय उद्यान (अहमदाबाद से 400 किमी)

गुजरात राज्य के जूनागढ़ जिले में स्थित गिर राष्ट्रीय उद्यान दुनिया का एकमात्र स्थान है जहां आप आज एशियाई शेर (पेंथेरा लियो पर्सिका) को उसके प्राकृतिक आवास में देख सकते हैं।

मैंने गर्मियों के मध्य में गिर राष्ट्रीय उद्यान का दौरा किया। बहुत गर्मी थी और ज़मीन सूख गयी थी। लेकिन दृश्यता और भी बेहतर थी। पहली शाम को हमें कोई शेर नहीं दिखा। और हमें लगा कि शायद हम कोई भी नहीं देख पाएंगे। लेकिन अगले दिन हमने शेर देखे। जंगल में एक राजसी शेर को देखना दिलचस्प है।

भारत सरकार ने एशियाई शेरों के संरक्षण के लिए वन रिजर्व के रूप में 18 सितम्बर, 1965 को गिर राष्ट्रीय उद्यान की स्थापना की थी। गिर वन का मूल क्षेत्रफल लगभग 5,000 वर्ग किलोमीटर था। वर्तमान में अभयारण्य का कुल क्षेत्रफल 1,412 वर्ग किलोमीटर है, जिसमें से 258.71 वर्ग किलोमीटर का मुख्य क्षेत्र गिर राष्ट्रीय उद्यान है। रिसाव की निगरानी और विनियमन के लिए आसपास एक बफर जोन है।

गिर में शेरों की वर्तमान स्थिति

1913 में शेरों की जनसंख्या लगभग 20 थी जो 2024 में बढ़कर 674 हो

गयी है। कभी-कभी शेर भोजन और पानी की तलाश में पार्क की सीमा से बाहर चले जाते हैं, शिकारियों के जाल में फंस जाते हैं और मर जाते हैं।

बेशक, अफ्रीका में शेर बहुतायत में देखे जा सकते हैं। लेकिन अफ्रीका के शेर एशियाई शेर नहीं हैं, बल्कि उनके करीबी रिश्तेदार, अफ्रीकी शेर हैं। एशियाई शेर अधिक सुन्दर और अधिक राजसी है। एशियाई शेर मनुष्यों से दूर रहता है।

सभी जंगली जानवरों में यह एकमात्र ऐसा जानवर है जो केवल भूख लगने पर ही हत्या करता है तथा भूख से तड़पने पर ही मनुष्यों पर हमला करता है। अपने अफ्रीकी रिश्तेदार के विपरीत, एशियाई शेर कभी भी मृत जानवरों का मांस नहीं खाता। यह सचमुच जंगल का राजा है।

रणथम्भौर

: यह स्थान इतिहास के पन्नों में खो गया था - जब तक कि प्रधानमंत्री स्वर्गीय राजीव गांधी ने 1986-87 की रात सहित सात दिन यहां नहीं बिताए। वह ढाई शताब्दी पुराने खूबसूरत फॉरेस्ट गेस्ट हाउस जोगी महल में रुके थे, जिसे 1992 में जनता के लिए बंद कर दिया गया था। राजीव गांधी को यह अनोखी जगह बहुत पसंद आई और उनकी पहल पर एक नई पारिस्थितिकी विकास परियोजना शुरू की गई। राजीव गांधी ने रणथम्भौर को इतिहास के पन्नों से पुनः भारत के प्रमुख पर्यटन स्थलों में शामिल कर दिया।

रणथंभौर राष्ट्रीय उद्यान - दिल्ली-मुंबई मार्ग पर जयपुर से 180 किमी.

मैंने बाघ देखने के लिए राजस्थान के सवाई माधोपुर स्थित रणथंभौर

राष्ट्रीय उद्यान को चुना। इसका कारण यह था कि बाघ रात्रिचर प्राणी हैं। लेकिन यहां बाघ इंसानों के इतने आदी हो गए हैं कि वे दिन में ही बाहर निकल आते हैं।

रणथंभौर किला

राष्ट्रीय उद्यान के अंदर स्थित भव्य रणथंभौर किला भारत के सबसे पुराने किलों में से एक है। किले का निर्माण कछवाहा राजपूतों (चौहानों) द्वारा किया गया था, लेकिन समय और वास्तविक संस्थापक कौन था, इसके बारे में कोई निश्चितता नहीं है।

कुछ इतिहासकार बताते हैं कि इसका निर्माण राजा सपालदक्ष ने 944 ई. में करवाया था, जबकि अन्य इतिहासकार कहते हैं कि इसका निर्माण उसी वंश के राजा जयंत ने 1110 ई. में करवाया था। अन्य इतिहासकार इसका श्रेय किसी और को देते हैं।

रणथम्भौर किला राणा हमीर देव के शासनकाल के दौरान अपने चरम पर था, जो 1283 ई. में राजा बने। रणथम्भौर के बारे में सबसे पहला प्रामाणिक साहित्य हमीररासो है, जो 13वीं शताब्दी के दौरान राणा हमीर देव के शासनकाल का वर्णन करता है। अलाउद्दीन खिलजी ने राणा हमीर देव को हराया था। बदले में अलाउद्दीन खिलजी को राजपूतों ने पराजित कर दिया।

अकबर ने 1528 में राजपूतों को हराया। 17वीं शताब्दी के अंत में मुगलों ने इस किले को जयपुर के महाराजा को सौंप दिया, जिन्होंने हमारे स्वतंत्रता प्राप्ति तक, निकट ही स्थित भव्य आमेर किले से इस स्थान पर शासन किया।

यह किला 700 फीट से अधिक की ऊंचाई पर एक समतल भूमि पर भव्य रूप से स्थित है। यह वस्तुतः दुर्गम किलेबंद दीवारों से घिरा हुआ है।

सात किलोमीटर की परिधि वाली विशाल दीवारें साढ़े चार किलोमीटर के क्षेत्र को घेरती हैं। किले के अंदर आलीशान आवास, बैरक, मंदिर और यहां तक कि मस्जिदें भी हैं।

आवासीय परिसर से आपको पदम तालाब (पार्क के अंदर स्थित कई मानव निर्मित झीलों में से एक) का शानदार दृश्य दिखाई देता है। आप झील के किनारे आराम करते मगरमच्छों को देख सकते हैं; पानी पीते हिरणों और अन्य जानवरों के झुंड; और बहुत सारे पक्षियों को भी।

किले में एक झरना है, गुप्तगंगा, जो पानी का बारहमासी स्रोत है। किले से आप मीलों तक चारों ओर का दृश्य देख सकते हैं। इस क्षेत्र में बिना देखे जाना असंभव है। इससे यह स्पष्ट होता है कि किले के लिए इस स्थान का चयन क्यों किया गया। प्रवेश को और भी कठिन बनाने के लिए, किले को रणनीतिक रूप से रणथंभौर राष्ट्रीय उद्यान के मध्य में स्थित किया गया है।

रणथंभौर राष्ट्रीय उद्यान

किले के चारों ओर स्थित रणथम्भौर राष्ट्रीय उद्यान अपने बाघों के लिए प्रसिद्ध है। यहां के बाघों ने दुनिया को बाघों की प्रकाशित सभी तस्वीरों में से 95 प्रतिशत तस्वीरें उपलब्ध कराई हैं। रणथम्भौर वन जयपुर के महाराजा का निजी शिकारगाह था।

इसे 1955 में सवाई माधोपुर वन्यजीव अभयारण्य घोषित किया गया। लेकिन जयपुर के महाराजा को 1970 के दशक तक अभयारण्य में शिकार करने की अनुमति थी। 1970 में शिकार पूरी तरह से बंद कर दिया गया था। 392 वर्ग किलोमीटर क्षेत्र में फैले इस अभयारण्य को 1973 में प्रोजेक्ट टाइगर में शामिल किया गया था।

रणथम्भौर भारत के 48 बाघ अभयारण्यों में सबसे छोटा था और आज भी है। रणथम्भौर को 1980 में राष्ट्रीय उद्यान का दर्जा प्राप्त हुआ। 1984 में, आस-पास के जंगलों को सवाई मान सिंह अभयारण्य और कैला देवी अभयारण्य घोषित किया गया। 1991 में, प्रोजेक्ट टाइगर को सवाई मान सिंह अभयारण्य, कैला देवी अभयारण्य और कुआलाजी गेम रिजर्व तक विस्तारित कर दिया गया - जिससे टाइगर रिजर्व का क्षेत्र प्रभावी रूप से 1334 वर्ग किलोमीटर तक विस्तारित हो गया।

मेरा पहला बाघ दर्शन

बाघ केवल एशिया में पाए जाते हैं। (अफ्रीका में बाघ नहीं हैं) सौ साल पहले यहां लगभग 50,000 बाघ थे। 1970 तक उनकी संख्या घटकर लगभग 2000 रह गयी। प्रोजेक्ट टाइगर, जो भारत की सबसे महत्वाकांक्षी और सफल वन्यजीव परियोजनाओं में से एक है, 1973 में शुरू की गई थी। बाघों की संख्या बढ़ रही है।

मैं तीन दिन तक रणथम्भौर में था। मैंने हर दिन बाघों को देखा - कुल सात बाघ - बहुत करीब से। मैंने एक बाघिन को पानी के गड्ढे में नहाते हुए देखा। मैंने सड़क पर एक माँ को तीन बच्चों के साथ खेलते देखा। मेरी यात्रा बहुत सफल रही।

बाघों को भरपूर भोजन की जरूरत होती है। यहां बड़ी संख्या में चीतल (चित्तीदार हिरण), सांभर (सबसे बड़ा भारतीय हिरण), नीलगाय (सबसे बड़ा भारतीय हिरन - जिसे नीला बैल भी कहा जाता है) और जंगली सूअर हैं - जो बाघों की एक बड़ी आबादी को आराम से जीवित रखने के लिए पर्याप्त भोजन है।

1991 में रणथम्भौर राष्ट्रीय उद्यान में 45 बाघ थे। लेकिन अवैध शिकार ने अपना असर दिखाया। संख्या में गिरावट आई। बचे हुए बाघ बहुत सावधान हो गए। और बाघ को देखना मुश्किल हो गया।

हालात सुधर गए हैं. वहाँ 75 बाघ हैं। और वे मनुष्यों से नहीं डरते। रणथम्भौर राष्ट्रीय उद्यान के प्रथम फील्ड निदेशक स्वर्गीय फतेह सिंह राठौड़ जैसे लोगों के प्रयासों के कारण, जिन्होंने अपना पूरा जीवन बाघों के कल्याण और स्थानीय ग्रामीणों की सतर्कता के लिए समर्पित कर दिया, बाघों का शिकार लगभग बंद हो गया है और बाघों की जनसंख्या में लगातार वृद्धि हो रही है। मुझे उस महान व्यक्ति के साथ भोजन करने का सौभाग्य प्राप्त हुआ।

सुंदरबन में बाघ (कोलकाता से 100 किमी.)

विशाल गंगा और ब्रह्मपुत्र नदियाँ सुंदरबन क्षेत्र में बंगाल की खाड़ी में प्रवेश करती हैं, जिससे पूरा क्षेत्र 75,000 वर्ग किमी (30,000 वर्ग मील) क्षेत्र में फैले विश्व के सबसे बड़े डेल्टा में परिवर्तित हो जाता है। सुंदरबन क्षेत्र में विश्व के सबसे बड़े निर्बाध मैंग्रोव वन भी हैं।

यहां के मैंग्रोव वृक्षों में से एक ने इस क्षेत्र को अपना नाम दिया है। सुंदरबन शब्द जिसका अर्थ है *सुंदरी वन*, दो शब्दों *सुंदरी* (मैंग्रोव वृक्ष की एक प्रजाति - *हेरिटिएरा फोमेस*) और *बान* (वन) से मिलकर बना है।

सुंदरबन क्षेत्र में 10,200 वर्ग किलोमीटर आरक्षित मैंग्रोव वन हैं। इनमें से 4,200 वर्ग किलोमीटर वन भारत (पश्चिम बंगाल) में हैं। शेष 6,000 वर्ग किलोमीटर क्षेत्र बांग्लादेश में है।

भारतीय सुंदरबन - 9,630 वर्ग किमी

भारत में मैंग्रोव वनों के उत्तर और उत्तर-पश्चिम में 5,430 वर्ग किलोमीटर का गैर-वनीय, आबाद क्षेत्र भी सुंदरबन के नाम से जाना जाता है। भारत में सुंदरबन क्षेत्र का संयुक्त वन और गैर-वन क्षेत्रफल 9,630 वर्ग किमी है।

9,630 वर्ग किलोमीटर में फैला सुंदरबन क्षेत्र नदियों, सहायक नदियों, मुहाना, खाड़ियों और चैनलों के जटिल जाल से घिरा हुआ है। 70% क्षेत्र खारे पानी से ढका हुआ है। बाघ ने इस दुर्गम क्षेत्र को अपना घर बना लिया है। सुन्दरबन टाइगर रिजर्व विश्व का एकमात्र मैंग्रोव वन है जो बाघों का घर है।

1973 में भारत सरकार ने वन्यजीव (संरक्षण) अधिनियम 1972 के तहत 2585 वर्ग किलोमीटर क्षेत्र को सुंदरबन टाइगर रिजर्व के रूप में अधिसूचित किया और इसे प्रोजेक्ट टाइगर योजना के अंतर्गत लाया। इस क्षेत्र को 1977 में वन्यजीव अभयारण्य का दर्जा दिया गया।

4 मई 1984 को 1,330 वर्ग किलोमीटर के मुख्य क्षेत्र को राष्ट्रीय उद्यान का दर्जा दिया गया। 1987 में यूनेस्को ने इस पार्क को विश्व धरोहर स्थल के रूप में मान्यता दी। सुंदरबन टाइगर रिजर्व में 100 बाघ हैं, जो विश्व के किसी भी अन्य टाइगर रिजर्व से अधिक है। लेकिन भूभाग और विशाल क्षेत्र के कारण यहां बाघ को देखना मुश्किल है। मैंने सुन्दरबन की यात्रा बाघ देखने की उम्मीद से नहीं की थी, बल्कि वहां की अनोखी पारिस्थितिकी प्रणाली और मैंग्रोव वनों के लिए की थी। और मैं केवल कुछ पैरों के निशान ही देख सका। वन अतिथि गृह के आसपास के क्षेत्र में एक बाघ आया हुआ था।

सुंदरबन डेल्टा अनेक नदियों, खाड़ियों और नहरों से घिरा हुआ है। पानी ज्वार के अनुरूप बढ़ता और घटता है। समुद्र से खारा पानी प्रतिदिन दो

बार अंदर-बाहर आता है, जिससे यह क्षेत्र रहने के लिए सबसे कठिन इलाकों में से एक बन गया है। यहां के अधिकांश जीव-जंतुओं - पशुओं और पौधों - स्थलीय और जलीय - ने जीवित रहने के लिए अद्वितीय अनुकूलन विकसित कर लिए हैं। उदाहरण के लिए, यहाँ का बाघ एक अच्छा तैराक है। उसने मछली पकड़ना सीख लिया है। मैंग्रोव वृक्षों ने इस भूभाग में जीवित रहने के लिए विशेष हवाई जड़ें विकसित कर ली हैं। स्किपर मछली पानी से बाहर कीचड़ वाले मैदानों पर आती है।

मैं जंगल के अंदर साजनेखाली लॉज में रुका था। मैं तीन दिनों तक नौका पर सवार होकर खाड़ियों और नहरों के आसपास घूमता रहा। मैंने कई पशु-पक्षी और अन्य जीव-जंतु देखे। एक रात मैंने बाघ की दहाड़ सुनी, लेकिन उसे नहीं देखा। सुन्दरबन का बाघ मुझे नहीं दिखा।

सुझावसुंदरबन की

यात्रा एक अनोखा अनुभव है। एक ऐसी यात्रा जो कहीं नहीं जाती। सभ्यता से बहुत दूर, शक्तिशाली बाघ की रहस्यमय भूमि पर। हो सकता है कि आपको मायावी बाघ न दिखें, लेकिन आप यहां 2 से 3 दिन रहकर पूरा आनंद लेंगे। यह बिलकुल अलग है!

काजीरंगा राष्ट्रीय उद्यान (गुवाहाटी से 239 किमी और जोरहाट से 97 किमी)

काजीरंगा राष्ट्रीय उद्यान भारतीय या विशाल एक सींग वाले गैंडे (राइनोसेरोस यूनिकॉर्निस) का निवास स्थान है। काजीरंगा राष्ट्रीय उद्यान में विश्व के दो-तिहाई एक सींग वाले गैंडे पाए जाते हैं। मैंने गर्मियों के मध्य में पार्क का दौरा किया। घास विरल थी। हम जीप में यात्रा कर रहे थे क्योंकि सभी हाथी पहले से ही बुक हो चुके थे। हमने पहला गैंडा देखा। यह एक शानदार नर था। वह किसी वर्तमान युग के

जीवित स्तनपायी प्राणी की अपेक्षा किसी बख्तरबंद टैंक या किसी जीवाश्म जैसा प्रतीत होता था।

जब हम उसके पास से गुजरे और घास चबाना जारी रखा तो उसने हमारी ओर देखा और मुस्कुराया (परन्तु ईमानदारी से कहूं तो मुझे पूरा यकीन नहीं है)।

लेडी कर्जन - गैंडे की परी देवी माँ

और फिर मुझे खूबसूरत लेडी कर्जन की याद आई। वह काजीरंगा के गैंडे की परी देवी माँ हैं। वास्तव में, वह काजीरंगा राष्ट्रीय उद्यान की परी देवी हैं।

1904 में, भारत के तत्कालीन वायसराय लॉर्ड कर्जन की पत्नी लेडी मैरी विक्टोरिया कर्जन ने असम में अपने ब्रिटिश चाय बागान मालिकों से काजीरंगा में गैंडे के बारे में सुना। उन्होंने क्षेत्र का दौरा किया। लेकिन वह केवल तीन पंजे वाले जानवरों के पैरों के निशान ही देख सकी। उन्होंने लॉर्ड कर्जन को उनकी सुरक्षा के लिए कुछ करने के लिए राजी किया।

1 जून 1905 को सरकार ने एक प्रारंभिक अधिसूचना जारी कर काजीरंगा के कुछ क्षेत्रों को आरक्षित वन घोषित करने की अपनी मंशा जाहिर की। काजीरंगा का विस्तार हुआ और 11 फरवरी 1974 को भारत सरकार ने 430 वर्ग किलोमीटर (166 वर्ग मील) के वन्यजीव अभयारण्य को राष्ट्रीय उद्यान घोषित कर दिया और इसका नाम बदलकर काजीरंगा राष्ट्रीय उद्यान कर दिया। काजीरंगा राष्ट्रीय उद्यान ने जून 2005 में अपनी शताब्दी मनाई।

गैंडों की विभिन्न प्रजातियाँ

दुनिया में गैंडे की पांच प्रजातियां हैं। इनमें से दो अफ्रीका के तथा तीन दक्षिणी एशिया के मूल निवासी हैं। एशिया में पाई जाने वाली तीनों प्रजातियाँ - जावन, सुमात्रा और भारतीय महान एक सींग वाला गैंडा गंभीर रूप से संकटग्रस्त हैं।

गैंडे के परिवार की पहचान उनके बड़े आकार से होती है (आज जीवित बचे कुछ मेगाफौना में से एक)। इनका वजन एक टन या उससे ज़्यादा होता है। वे शाकाहारी हैं। उनकी सुरक्षात्मक त्वचा होती है, जो 1.5 - 5 सेमी मोटी होती है, जो जालीदार संरचना में स्थित कोलेजन की परतों से बनी होती है। उनकी खाल का उपयोग ढालों को ढंकने के लिए किया गया है। लेकिन गैंडे का मस्तिष्क अपेक्षाकृत छोटा होता है।

गैंडे में सुनने और सूंघने की तीव्र क्षमता होती है, लेकिन दृष्टि कमजोर होती है। अधिकांश लोग लगभग 60 वर्ष या उससे अधिक तक जीवित रहते हैं। वे धीमे प्रतीत होते हैं। लेकिन वे 40 मील प्रति घंटे (रेस के घोड़े की गति) से अधिक गति से दौड़ सकते हैं।

दो अफ्रीकी प्रजातियों और सुमात्रा प्रजातियों में दो सींग होते हैं, जबकि भारतीय और जावन प्रजातियों में एक सींग होता है।

भारतीय गैंडा

कुछ शताब्दियों पहले, भारतीय या विशाल एक सींग वाले गैंडे उत्तर भारतीय मैदानों में सिंधु, गंगा और ब्रह्मपुत्र नदियों के आर्द्रभूमि में पाए जाते थे। आज वे केवल पूर्वोत्तर राज्य असम और पड़ोसी नेपाल के छोटे क्षेत्रों में ही पाए जाते हैं।

असम में इनका निवास स्थान दो राष्ट्रीय उद्यानों - काजीरंगा और मानस तक सीमित है। इन्हें लुप्तप्राय माना जाता है, तथा जंगल में इनकी संख्या 200 से भी कम बची है। काजीरंगा राष्ट्रीय उद्यान में लगभग 2000 एक सींग वाले गैंडे हैं।

सींग - क्या यह कामोद्दीपक है?

गैंडों को उनके सींगों के लिए मारा जाता है, जिन्हें कामोद्दीपक (ऐसा पदार्थ जो यौन इच्छा, शक्ति और प्रदर्शन को बढ़ाता है) माना जाता है। एक गैंडे के 2.5 किलोग्राम के सींग की कीमत लगभग 10 लाख रुपये है। अंतर्राष्ट्रीय बाजार में इसका मूल्य इस राशि से तीन गुना अधिक है। इससे अवैध शिकार को बढ़ावा मिलता है।

लेकिन चिकित्सा की दृष्टि से, गैंडे के सींग केराटिन से बने होते हैं, जो उसी प्रकार का प्रोटीन है जिससे बाल और नाखून बनते हैं, और इसका कोई औषधीय या कामोद्दीपक महत्व नहीं है।

काजीरंगा में सफलता और खतरे

काजीरंगा को दुनिया भर में सभी वन्यजीव संरक्षण प्रयासों का ध्वजवाहक माना जाता है। लेकिन इसमें कई खतरे भी हैं। अवैध शिकार सबसे बड़ा खतरा है। बरसात के मौसम में ब्रह्मपुत्र नदी के अतिप्रवाह से उत्पन्न बाढ़ अक्सर विनाशकारी साबित हुई है।

अनुशंसा: काजीरंगा

भी एक विश्व धरोहर स्थल है। पक्षी प्रजातियों के संरक्षण के लिए इसे बर्डलाइफ इंटरनेशनल द्वारा एक महत्वपूर्ण पक्षी क्षेत्र के रूप में भी मान्यता दी गई है।

आप वर्षा ऋतु को छोड़कर वर्ष में किसी भी समय गैंडे को देखने जा सकते हैं।

डॉ. बिनॉय गुप्ता

अंडमान एवं निकोबार द्वीप समूह - एक उष्णकटिबंधीय स्वर्ग

अंडमान और निकोबार द्वीप समूह - एक उष्णकटिबंधीय स्वर्ग
किसी ने मुझसे पूछा कि आप यहां कितने दिन बिता सकते हैं?
मैंने अपने जीवन के शेष भाग का उत्तर दिया।

अपने स्कूल के दिनों में, मैं समुद्र से फुसफुसाते हुए लहराते ताड़ के पेड़ों के बीच एक उष्णकटिबंधीय स्वर्ग में छुट्टियां बिताने, धूप वाले समुद्र तटों पर घूमने, समुद्र के साफ पानी में तैरने और गोता लगाने तथा सुंदर और रंगीन समुद्री जीवन को देखने का सपना देखा करता था।

अंडमान और निकोबार द्वीप समूह में ये सब और भी बहुत कुछ है। एक दिन मैं पोर्ट ब्लेयर पहुंचा। इन द्वीपों को सर आर्थर कॉनन डॉयल के शर्लक होम्स - 1890 के रहस्य "द साइन ऑफ द फोर" में चित्रित किया गया है।

अंडमान और निकोबार द्वीप समूह

अंडमान और निकोबार द्वीप समूह वास्तव में भारत के पूर्व में हिंद महासागर में स्थित दो द्वीप समूह हैं, जो 150 किमी *http://en.wikipedia.org/wiki/Kilometre* चौड़े दस डिग्री चैनल द्वारा

अलग होते हैं, जिसके कारण दोनों द्वीप समूहों के जीवन रूप और संस्कृतियां पूरी तरह से भिन्न हैं।

ये द्वीप वास्तव में म्यांमार से सुमात्रा तक फैली एक विशाल जलमग्न पर्वत श्रृंखला की चोटियाँ हैं। 836 द्वीपों का यह समूह, जिनमें से केवल 31 पर ही स्थायी रूप से लोग रहते हैं, हिंद महासागर में 800 किलोमीटर तक टूटे हुए हार की तरह फैला हुआ है। ये दोनों द्वीप समूह मिलकर केंद्र शासित प्रदेश अंडमान और निकोबार द्वीप समूह बनाते हैं। यहाँ की राजधानी पोर्ट ब्लेयर है।

यूनानी खगोलशास्त्री, गणितज्ञ और भूगोलवेत्ता क्लॉडियस टॉलेमीस ने दूसरी शताब्दी में तैयार किए गए अपने मानचित्रों में अंडमान और निकोबार द्वीप **समूह को** शामिल किया है। अंडमान और निकोबार द्वीप समूह अपनी दुर्गमता के कारण सदियों से रहस्य में डूबा हुआ था। इसलिए हम उनके अतीत के बारे में ज्यादा नहीं जानते, सिवाय इसके कि इन दो द्वीप समूहों पर सदियों तक नेग्रिटोस और मंगोलॉयड लोग निवास करते थे और कभी-कभी कुछ जहाज इन द्वीपों से होकर गुजरते थे।

इन द्वीपों के बारे में जानकारी आधुनिक दुनिया में 18वीं शताब्दी के दौरान ही आई। 1788 में भारत के गवर्नर जनरल लॉर्ड कार्नवालिस ने द्वीपों को उपनिवेश बनाने के बारे में सोचा। उन्होंने 1789 में पोर्ट कॉर्नवालिस (वर्तमान पोर्ट ब्लेयर) के पास चैथम द्वीप पर पहली ब्रिटिश बस्ती स्थापित की।

1857 के महान विद्रोह के बाद, मार्च 1858 में, अंग्रेजों ने यहां एक दंड बस्ती की स्थापना की। द्वितीय विश्व युद्ध के दौरान 21 मार्च 1942 से 8 अक्टूबर 1945 तक जापान ने अंडमान पर कब्जा कर लिया था। नेताजी सुभाष चंद्र बोस 29 दिसंबर 1943 को पोर्ट ब्लेयर पहुंचे और अगले दिन

पोर्ट ब्लेयर में राष्ट्रीय ध्वज फहराया। 8 अक्टूबर 1945 को जापानियों ने ये द्वीप ब्रिटिशों को सौंप दिये।

सेलुलर जेल - काला पानी (पोर्ट ब्लेयर में)

मैंने सेलुलर जेल का दौरा किया जो पोर्ट ब्लेयर की सबसे महत्वपूर्ण और लोकप्रिय संरचना है। सेलुलर जेल को आम तौर पर काला पानी के नाम से जाना जाता है, क्योंकि उन दिनों द्वीपों की विदेश यात्रा करने पर यात्रियों को जाति-ह्रास का खतरा रहता था, जिसका अर्थ था सामाजिक बहिष्कार।

इस जेल को 'सेलुलर' इसलिए कहा जाता है क्योंकि यह कैदियों को एकांत कारावास में रखने के लिए पूरी तरह से अलग-अलग कोठरियों से बनी है। यह जेल मूलतः सात भुजाओं वाली, पीले रंग की इमारत थी, जिसमें एक केन्द्रीय निगरानी टावर और छत्ते जैसे गलियारे थे। इसके बाद इमारत क्षतिग्रस्त हो गई। वर्तमान में सात में से केवल तीन भुजाएँ ही सुरक्षित हैं।

ब्रिटिश शासन के दौरान, सेलुलर जेल के अधिकांश कैदी स्वतंत्रता कार्यकर्ता और स्वतंत्रता सेनानी थे। सेल्युलर जेल के कुछ कैदी थे फजल-ए-हक खैराबादी, योगेन्द्र शुक्ला, बटुकेश्वर दत्त, बाबाराव सावरकर, विनायक दामोदर सावरकर, सचिन्द्र नाथ सान्याल, भाई परमानंद, सोहन सिंह और सुबोध रॉय। सावरकर बंधुओं - बाबाराव और विनय - को यहां दो साल तक अलग-अलग कोठरियों में रखा गया था। लेकिन उन्हें एक दूसरे की उपस्थिति के बारे में पता नहीं था। अब जेल को राष्ट्रीय स्मारक में परिवर्तित कर दिया गया है।

वन संग्रहालय (पोर्ट ब्लेयर में)

मैंने वन विभाग द्वारा संचालित वन संग्रहालय का दौरा किया। यह एक अवश्य देखने योग्य आकर्षण है। इसमें स्थानीय रूप से उगाई गई लकड़ी के नमूने हैं, जिनमें सुंदर पडाक भी शामिल है, जिसमें एक ही पेड़ में हल्के और गहरे दोनों रंग मौजूद होते हैं। मैंने यहां प्रयुक्त लकड़ी काटने की विधियों के बारे में सीखा।

मानव विज्ञान संग्रहालय (पोर्ट ब्लेयर में)

मैंने मानवविज्ञान संग्रहालय का दौरा किया। इसमें आदिवासी जनजातियों के जीवन को उनके द्वारा उपयोग किए जाने वाले औजारों, उनके पहनावे और उनकी जीवन शैली के चित्रों के लघु मॉडलों के साथ दर्शाया गया है। संग्रहालय में एक पुस्तकालय भी है जिसमें पुस्तकों का अच्छा संग्रह है।

अंडमान और निकोबार द्वीप समूह के बारे में कुछ तथ्य

90% भूभाग वन क्षेत्र के अंतर्गत है।

लगभग 50% वन क्षेत्र को जनजातीय रिजर्व, राष्ट्रीय उद्यान और वन्यजीव अभयारण्यों के रूप में अलग रखा गया है।

समृद्ध एवं शानदार मैंग्रोव इस क्षेत्र के लगभग 11.5% भाग पर फैले हुए हैं।

यहां 150 से अधिक पौधों और जानवरों की प्रजातियां पाई जाती हैं।

नारियल, जो बहुतायत में पैदा होता है, स्थानीय लोगों के व्यापार और आहार का मुख्य हिस्सा है।

बैरन द्वीप पर ज्वालामुखी (पोर्ट ब्लेयर से 135 किमी.)

दक्षिण एशिया में एकमात्र सक्रिय ज्वालामुखी बैरन ज्वालामुखी है, जो 3 किलोमीटर लंबे बैरन द्वीप पर स्थित है। इसमें समुद्र से अचानक उभरा हुआ एक बड़ा गड्ढा है, जो तट से लगभग आधा किलोमीटर दूर है, तथा लगभग 150 फ़ैदम गहरा है।

इसका अंतिम विस्फोट 2 - 3 अप्रैल 2024 को हुआ था। आगंतुकों को बैरन द्वीप पर उतरने की अनुमति नहीं है। मुझे इसे एक जहाज से देखना था।

निकोबार द्वीप समूह

निकोबार द्वीप समूह को अंडमान द्वीप समूह से दस डिग्री चैनल द्वारा अलग किया गया है। निकोबार द्वीप समूह में 28 द्वीप हैं जिनका क्षेत्रफल 1,841 वर्ग किलोमीटर है। निकोबार द्वीप समूह की कुल जनसंख्या 4.10 लाख है। 13 द्वीपों पर लगभग 12,000 आदिवासी जनजातियाँ निवास करती हैं, जिनमें से अधिकांश द्वीपसमूह के सबसे उत्तरी भाग कार निकोबार में रहते हैं।

कार निकोबार निकोबार जिले का मुख्यालय है। यह एक समतल, उपजाऊ द्वीप है जो नारियल के बागानों और मनमोहक समुद्र तटों से घिरा है तथा चारों ओर समुद्र की गर्जना है। अनोखी निकोबारी झोपड़ियाँ खंभों पर बनी हैं, जिनका प्रवेश द्वार फर्श से होकर जाता है। प्रवेश लकड़ी की सीढ़ी के माध्यम से होता है।

पोर्ट ब्लेयर से कार निकोबार तक समुद्री यात्रा में लगभग 16 घंटे लगते हैं।

ग्रेट निकोबार (समुद्र मार्ग से 540 किमी.)

यह निकोबार का दक्षिणी छोर है। इसके सबसे दक्षिणी बिंदु पर इंदिरा प्वाइंट (पूर्व में पिग्मेलियन प्वाइंट) है। यह भारत का सुदूर दक्षिणी छोर है (याद रखें कि भारत का सुदूर दक्षिणी छोर कन्याकुमारी नहीं है)। गलाथिया के निकट समुद्र तट विशालकाय लेदरबैक कछुओं का घोंसला स्थल है। इस द्वीप में बायोस्फीयर रिजर्व क्षेत्र भी हैं। पोर्ट ब्लेयर से ग्रेट निकोबार तक की समुद्री यात्रा में 50-60 घंटे लगते हैं।

निकोबार – अद्वितीय वनस्पति और जीव

निकोबार में नारियल-ताड़, कैसुरीना और पैंडनस प्रचुर मात्रा में पाए जाते हैं। निकोबार द्वीप समूह का सबसे दिलचस्प प्राणी विशालकाय डाकू केकड़ा है, जो नारियल के पेड़ पर चढ़ सकता है, नारियल तोड़ सकता है और उसका रस पी सकता है।

यहां लंबी पूंछ वाले बंदर, स्थानिक निकोबारी कबूतर, तथा मेगापोड नामक दुर्लभ पक्षी है जो केवल ग्रेट निकोबार में ही पाया जाता है।

विदेशी द्वीप और खूबसूरत समुद्र तट

मैंने कई समुद्र तट देखे और कई द्वीपों का दौरा किया। लेकिन यहां कई द्वीप और समुद्र तट हैं, जिनकी आप यात्रा कर सकते हैं। और यदि आपके पास समय और इच्छा हो तो पोर्ट ब्लेयर से सड़क मार्ग से डिगलीपुर तक यात्रा करें, जो कि सबसे उत्तरी स्थान है।

यह एक ऐसी यात्रा होगी जिसे आप कभी नहीं भूलेंगे।

अंडमान और निकोबार द्वीप समूह की पुरापाषाण युग की जनजातियाँ

अंडमान और निकोबार द्वीप समूह दुनिया का एकमात्र स्थान है जहां आप पुरापाषाण युग (65,000 वर्ष पुराने) के लोगों के वंशजों को देख सकते हैं, जिन्हें समय ने भुला दिया है, जहां समय थम गया है।

अंडमान और निकोबार द्वीप समूह में पाँच आदिम जनजातियाँ हैं।

वे हैं:

स्ट्रेट द्वीप के ग्रेट अंडमानी, जिनकी संख्या लगभग 50 है

लिटिल अंडमान के ओन्जेस की संख्या लगभग 101 है

दक्षिण और मध्य अंडमान के जारवा, जिनकी संख्या लगभग 470 है, सेंटिनल द्वीप समूह के सेंटिनली, और ग्रेट निकोबार के शोम्पेन जिनकी संख्या लगभग 70 है, जिनकी संख्या लगभग 229 है

इनमें से पहले चार अंडमान द्वीप समूह में रहते हैं। केवल अंतिम निकोबार द्वीप समूह में रहते हैं।

अंडमान द्वीप समूह के आदिवासी मूल रूप से नीग्रोइड हैं तथा उनकी त्वचा का रंग आमतौर पर काला होता है। निकोबार द्वीप समूह के आदिवासी लोग मंगोल जाति के हैं और उनका रंग गोरा है।

पोर्ट ब्लेयर में मेरी मुलाकात ओन्गो नामक व्यक्ति से हुई। वह वहां काम कर रहा था। मुझे न केवल जारवा लोगों को देखने का दुर्लभ अनुभव प्राप्त हुआ, बल्कि अपनी कार से बाहर निकलकर उनसे हाथ मिलाने और उनके प्राकृतिक आवास में उनकी तस्वीरें लेने का भी अवसर मिला। मैं अलग-अलग स्थानों पर जारवा लोगों के तीन समूहों से मिला।

दो समूहों के साथ कोई समस्या नहीं थी। मैंने उन्हें केले, बिस्कुट और मुरमुरे दिए, उनसे हाथ मिलाया और तस्वीरें लीं। तीसरे समूह में कुछ वयस्क पुरुष शामिल थे। वे अचानक थोड़े आक्रामक हो गए, हिंसक हो गए, हमारे हाथों से खाने का सामान छीन लिया और हमारी कार पर चढ़ने और कूदने लगे। मेरा ड्राइवर घबरा गया और पागलों की तरह भागने लगा।

जारवा लोग स्वस्थ हैं - द्वीप के अन्य आधुनिक लोगों की तुलना में भी अधिक स्वस्थ - उनकी त्वचा चिकनी है, बाल काले घुंघराले हैं, हाथ-पैर लंबे और मजबूत हैं, तथा हड्डियां मजबूत हैं।

शोम्पेन निकोबार के एकमात्र आदिवासी हैं। वे बाहरी दुनिया से किसी भी तरह का संपर्क रखने से कतराते हैं। शोम्पेन लोग ग्रेट निकोबार में रहते हैं - जो निकोबार द्वीप समूह का सबसे बड़ा द्वीप है। निकोबारी लोगों की तरह वे भी मंगोलॉयड जाति से संबंधित हैं।

सरकार इन सभी जनजातियों की सुरक्षा और संरक्षण का प्रयास कर रही है। सरकार उन्हें बाहरी दुनिया से न्यूनतम हस्तक्षेप और व्यवधान के साथ अपने स्वयं के वातावरण में रहने में सहायता कर रही है।

तीन द्वीपों का नाम बदलना

दिसंबर 2018 में, प्रधानमंत्री नरेंद्र मोदी, जो अंडमान और निकोबार द्वीप समूह की दो दिवसीय यात्रा पर थे, ने नेताजी सुभाष चंद्र बोस को श्रद्धांजलि के रूप में तीन द्वीपों का नाम बदल दिया। रॉस द्वीप का नाम बदलकर नेताजी सुभाष चंद्र बोस द्वीप कर दिया गया; नील द्वीप का नाम बदलकर शहीद द्वीप कर दिया गया; और हैवलॉक द्वीप का नाम बदलकर स्वराज द्वीप कर दिया गया।

किसी ने मुझसे पूछा कि मैं अंडमान और निकोबार द्वीप समूह में कितने दिन बिता सकता हूँ। उत्तर सीधा है। वे इतने अच्छे हैं कि मैं अपना पूरा जीवन उनके साथ बिता सकता हूं।

विक्टोरिया - कनाडा का सबसे बेहतरीन शहर

मैं विक्टोरिया को हमेशा याद रखूंगा क्योंकि मैं विक्टोरिया और कनाडा के

कुछ अन्य हिस्सों की यात्रा बिना किसी वीज़ा के कर सका था।

विक्टोरिया पश्चिमी कनाडा का सबसे पुराना शहर है और अपने सुन्दर धूप वाले दिनों के लिए प्रसिद्ध है। यह कनाडा के प्रशांत तट से दूर वैंकूवर द्वीप के दक्षिणी सिरे पर आर्कटिक सर्कल के करीब स्थित है। जब हमने लॉस एंजिल्स से अलास्का तक क्रूज यात्रा करने का निर्णय लिया, तो हमने एक ऐसा क्रूज चुना जो हमें विक्टोरिया होते हुए ले जाएगा। अधिकांश आधुनिक क्रूज जहाजों की तरह, हमारे क्रूज जहाज में 5-सितारा होटल या रिसॉर्ट की सभी सुविधाएं और उससे भी अधिक सुविधाएं थीं।

जहाज़ पर हमें बहुत सारे काम करने थे। एक बड़े, गर्म स्विमिंग पूल में तैरना, जिसमें एक विशाल टीवी लगा हुआ है। ऊपरी डेक के पीछे की ओर एक व्यायामशाला थी जहाँ से हम चारों ओर देख सकते थे। ध्यानपूर्वक चयनित कार्यक्रमों के साथ थिएटर शो। चौबीसों घंटे विविध मेनू वाले कई रेस्तरां। विभिन्न प्रकार की वस्तुएं बेचने वाली दुकानें।

हमारा क्रूज जहाज विक्टोरिया बंदरगाह में पहुंचा। यह सुखद आश्चर्य या झटका था कि बंदरगाह में प्रवेश करने के लिए हमसे वीज़ा नहीं मांगा गया। मौसम ने हमें निराश नहीं किया। सुबह अच्छी थी और धूप खिली

हुई थी। सुबह की धूप में शांत समुद्र चमक रहा था। चूंकि हमारे पास बंदरगाह में केवल एक दिन था, इसलिए हमें इसका सर्वोत्तम उपयोग करना था।

उपलब्ध कई पर्यटनों में से हमने विक्टोरिया हाइलाइट्स और माउंट टॉल्मी बस टूर का चयन किया। मैंने इस दौरे को विशेष रूप से इसलिए चुना क्योंकि यद्यपि मैंने भारत में बहुत सारे किले देखे थे, परन्तु मैंने कभी कोई वास्तविक पश्चिमी महल नहीं देखा था। मैं एक देखना चाहता था.

बस हमें विचित्र शहर से होते हुए, खूबसूरत सड़कों, पुराने विक्टोरियन घरों, समुद्र तट और क्रेगडारोच कैसल तक ले गई। रास्ते में हम चाय पीने के लिए समुद्र तट पर रुके। आस-पास नहरें थीं और हमने कुछ दोस्ताना सील देखीं

क्रेगडारोच कैसल

शब्दकोश के अर्थ और मेरी अपनी धारणा के अनुसार, महल किसी राजा का निजी किलाबंद निवास होता है। व्यक्तिगत रूप से मुझे क्रेगडारोच एक उचित महल नहीं लगा, जिस अर्थ में मैंने एक महल की कल्पना की थी। हालाँकि, यह महल अनोखा है।

इसका निर्माण 1887-1890 के बीच विक्टोरिया के कोयला और रेलवे व्यवसायी रॉबर्ट डन्समुइर द्वारा कराया गया था। लेकिन इसका उपयोग निवास के रूप में किया जाना था। उन दिनों अमीर लोगों के लिए अपनी संपत्ति का प्रदर्शन करना फैशन था, जो वे शानदार महलों का निर्माण करके करते थे। यह हवेली मालिक की प्रसिद्धि और धन को प्रदर्शित करने का काम करती थी।

क्रेगडारोच कैसल (गेलिक भाषा में क्रेगडारोच शब्द का अर्थ है "पथरीला, ओक स्थान"), जो विक्टोरिया शहर के सामने एक पहाड़ी पर बना है, इस

उद्देश्य को अच्छी तरह से पूरा करता है। इसने दुनिया के सामने गर्व से घोषणा की कि रॉबर्ट डन्समुइर पश्चिमी कनाडा का सबसे अमीर और सबसे महत्वपूर्ण व्यक्ति था। रॉबर्ट डन्समुइर की मृत्यु 1889 में हुई तथा उन्होंने अपनी सम्पूर्ण संपत्ति अपनी पत्नी जोन को दे दी, जो 1908 में अपनी मृत्यु तक महल में रहीं।

क्रेगडारोच कैसल, जो अब एक लोकप्रिय पर्यटक स्थल है, में 39 कमरे हैं जो विशिष्ट विक्टोरियन शैली में सुसज्जित हैं, जिनमें सुंदर रंगीन कांच की खिड़कियां, लोहे का काम और नक्काशीदार लकड़ी का काम है। 87 सीढ़ियां चढ़कर आप टॉवर तक पहुंचते हैं, जहां से आपको विक्टोरिया सिटी और प्रशांत महासागर का 360 डिग्री का दृश्य दिखाई देता है। महल के अंदर और इसकी सामग्री पर एक नज़र डालने से उस समय की विलासितापूर्ण जिंदगी का बहुत अच्छा चित्रण मिलता है जब लोग इसमें रहते थे।

वर्तमान में क्रेगडारोच कैसल हिस्टोरिकल म्यूजियम सोसाइटी, जो एक गैर-लाभकारी संगठन है, इस महल का रखरखाव कर रही है। 20,000 वर्ग फीट के आंतरिक क्षेत्र में फैले इस भवन और उद्यानों को उसी रूप में बहाल किया गया है, जैसा वे मूल रूप से बनाए गए थे, जो स्थानीय लोगों के साथ-साथ पर्यटकों के लिए भी एक शानदार सैर-सपाटा उपलब्ध कराता है।

चाइना टाउन

वापसी में हमारी बस हमें माउंट टॉल्मी ले गई, जहां से हमें पूरे विक्टोरिया शहर के साथ-साथ आसपास के महासागरों और फिर चाइना टाउन का विहंगम दृश्य देखने को मिला। लगभग हर बड़े आधुनिक शहर -

कोलकाता, सिडनी या विक्टोरिया - में एक चाइना टाउन है। विक्टोरिया में कनाडा का सबसे पुराना चाइना टाउन है!

विक्टोरिया के चाइना टाउन में अनोखी दुकानें, स्टोर और फैन टैन एली जैसी संकरी गलियां हैं, जो केवल 5 फीट चौड़ी है। संकरी गलियों और गलियों से गुजरते हुए आपको ऐसा महसूस होता है जैसे आप किसी दूसरे देश और किसी दूसरे युग में हैं। एक समय था जब इन गुप्त गलियों में अफीम के अड्डे हुआ करते थे। आज, चाइना टाउन घूमने के लिए एक अद्भुत जगह है।

ऐतिहासिक इमारतें

शहर ने अपनी बड़ी संख्या में ऐतिहासिक इमारतों को बरकरार रखा है। इनमें से ब्रिटिश कोलंबिया संसद भवन (1897 में निर्मित) और एम्प्रेस होटल (1908 में खुला) सबसे प्रसिद्ध स्थल हैं।

बुचार्ट गार्डन

यह कल्पना करना कठिन है कि 1900 के दशक के आरंभ में, सुंदर बुचार्ट गार्डन एक अज्ञात चूना पत्थर की खदान थी। जेनी बुचार्ट ने 1904 में परित्यक्त चूना पत्थर खदान को एक नाटकीय डूबे हुए उद्यान का रूप दिया। उन्होंने उस काल की भव्य सम्पदाओं की शैली में कई विशिष्ट उद्यान स्थापित किये। वे विविध प्रकार के सौंदर्यात्मक अनुभवों को उजागर करते हैं।

बुचार्ट गार्डन का स्वामित्व बुचार्ट परिवार की कई पीढ़ियों के पास रहा है। लेकिन उन्होंने इसके मूल डिज़ाइन को बरकरार रखा है। यह उद्यान अपने उत्कृष्ट पुष्प प्रदर्शनों को मौसम के अनुसार बदलने की विक्टोरियन

परंपरा को जारी रखता है। आज, बुचार्ट गार्डन दुनिया के प्रमुख पुष्प शो उद्यानों में से एक है।

विक्टोरिया बटरफ्लाई गार्डन

विक्टोरिया बटरफ्लाई गार्डन के इनडोर परिसर में तितलियों और पतंगों की विभिन्न प्रजातियों का अच्छा संग्रह प्रदर्शित है, साथ ही पक्षियों, मछलियों, मेंढकों और कछुओं की विभिन्न प्रजातियां भी हैं।

भारत में तितली उद्यान तेजी से लोकप्रिय हो रहे हैं। हमारे पास पहले से ही कुछ अच्छे हैं।

गोल्डस्ट्रीम पार्क

गोल्डस्ट्रीम पार्क वार्षिक सैल्मन स्पॉनिंग रन का घर है और यह देखने लायक है।

प्रशांत महासागर के नीचे गार्डन

पैसिफिक अंडरसी गार्डन वास्तव में एक 150 फुट का जहाज था, जो इनर हार्बर में ही स्थित था। हमें सीढ़ियों से नीचे उतरकर समुद्र के 15 फीट नीचे जाना पड़ा। यहां हम तटीय ब्रिटिश कोलंबिया के समुद्री जीवन को उनके प्राकृतिक और संरक्षित वातावरण में देख सकते थे।

गार्डन में एक ज्वारीय तालाब भी था जिसमें समुद्री तारे और समुद्री एनीमोन पाए जाते थे। हम इन जानवरों को छू सकते हैं। हमने अंडरसी थिएटर में समुद्री जीवन के बारे में बहुत कुछ सीखा। एक गोताखोर ने पूरे चेहरे वाला दोतरफा संचार मास्क पहन रखा था, और हमें विभिन्न

जानवरों के बारे में बताया तथा हमारे प्रश्नों के उत्तर दिए। अंडरसी थिएटर के दो मुख्य आकर्षण वुल्फ ईल्स और "आर्मस्ट्रांग" नामक विशाल प्रशांत ऑक्टोपस थे।

दुर्भाग्यवश, यह अनोखा स्थान 17 अक्टूबर 2013 को बंद कर दिया गया और जानवरों को अन्य स्थानों पर स्थानांतरित कर दिया गया।

बीकन हिल पार्क

75 हेक्टेयर (200 एकड़) का बीकन हिल पार्क पर्यटकों और स्थानीय लोगों के बीच बेहद लोकप्रिय है। लेकिन यह अपने टोटेम पोल के लिए अधिक प्रसिद्ध है। इसमें दुनिया का चौथा सबसे ऊंचा टोटेम पोल है, जो 38.8 मीटर (128 फीट) ऊंचा है, जिसे क्वाक्वाकावाक शिल्पकार मुंगो मार्टिन ने बनाया था।

विक्टोरिया बग चिड़ियाघर

फेयरमोंट एम्प्रेस होटल से सिर्फ एक ब्लॉक उत्तर में स्थित इस दो कमरों वाले मिनी चिड़ियाघर में कीटों, एराक्निड्स और माइरियापोडा की लगभग 50 विभिन्न प्रजातियां प्रदर्शित हैं।

यहां उत्तरी अमेरिका में सबसे बड़ा उष्णकटिबंधीय कीट संग्रह है और यहां कनाडा का सबसे बड़ा चींटी फार्म है जिसमें पत्ती काटने वाली चींटियां हैं।

हम विभिन्न प्रकार की विदेशी प्रजातियों जैसे टारेंटयुला, तिलचट्टे, बिच्छू, लाठी, मिलीपेड और प्रार्थना http://en.wikipedia.org/wiki/Scorpion करने वाले मेंटिस को देख सकते थे, पकड़ सकते थे और संभाल सकते थे।

और क्या देखें

हम लोग समय की भूली हुई घोड़ा गाड़ी में, डबल डेकर बसों में शहर भर में घूमे, तथा विक्टोरिया पब टूर पर जी भरकर शराब पी।

व्हेल देखने के लिए तटीय परिभ्रमण

विक्टोरिया के इनर हार्बर के तटीय परिभ्रमण में व्हेल देखने के रोमांचक अनुभव के लिए कई अलग-अलग प्रकार की नाव यात्राएं उपलब्ध हैं। यह क्रूज आपको जुआन डे फूका जलडमरूमध्य में ले जाएगा और आप भव्य किलर व्हेल, हंपबैक और ग्रे व्हेल को उनके प्राकृतिक आवास में देख सकते हैं। आपको आस-पास बहुत सारे अन्य जीव भी दिखाई देंगे।

स्वर्णिम इतिहास

अधिकांश आर्कटिक शहरों और कस्बों का विकास गोल्ड रश के कारण हुआ है। महान कैप्टन जेम्स कुक पहले गैर-आदिवासी व्यक्ति थे जिन्होंने वर्तमान कनाडा के ब्रिटिश कोलंबिया नामक स्थान पर कदम रखा। वे वैंकूवर द्वीप के पश्चिमी तट पर उतरे और पाया कि प्रथम राष्ट्र के लोग पहले से ही द्वीप के बीहड़, प्राचीन जंगल में रह रहे थे।

हडसन बे कंपनी के जेम्स डगलस ने 1843 में विक्टोरिया शहर की स्थापना की। उन्होंने इसे हडसन बे कंपनी के व्यापारिक केन्द्र के रूप में चुना। बाद में रानी विक्टोरिया के सम्मान में इस चौकी का नाम बदलकर फोर्ट विक्टोरिया रख दिया गया।

1858 के फ्रेजर वैली गोल्ड रश ने विक्टोरिया को वैंकूवर द्वीप और ब्रिटिश कोलंबिया के उपनिवेशों में प्रवेश का मुख्य बंदरगाह बना दिया।

सोने की होड़ अब ख़त्म हो गई है। लेकिन विक्टोरिया का यह विचित्र शहर अब एक सरकारी शहर, सेवानिवृत्त लोगों के लिए स्वर्ग और वर्ष भर पर्यटन स्थल बन गया है।

विक्टोरिया एक सुन्दर शहर है। हमने इसके हर पल का आनंद लिया।

स्कागवे, अलास्का

स्कागवे, अलास्का - अलास्का मेरा अंतिम स्वप्न गंतव्य था - मेरी कल्पना और सपनों से कहीं परे।

स्कागवे, अलास्का - क्लोंडाइक गोल्ड रश

अलास्का एक बहुत बड़ा स्थान है - 656,425 वर्ग मील का जंगल - पहाड़ और ग्लेशियर; समुद्र और झीलें, और प्रचुर वन्य जीवन। क्षेत्र के कई स्थानों तक सड़क मार्ग से नहीं पहुंचा जा सकता। इसलिए, आगंतुकों को अधिकांश स्थानों पर हवाई या समुद्री मार्ग से यात्रा करनी पड़ती है।

परिचयहमने

सैन फ्रांसिस्को से अलास्का तक एक क्रूज यात्रा की। उस समय मुझे अलास्का के बारे में लगभग कोई जानकारी नहीं थी। शायद हमने यह स्थान मेरी बचपन की यादों के कारण चुना। जब मैं बच्चा था, मैंने आर्कटिक क्षेत्र के साहसी अन्वेषकों की कहानियां पढ़ी थीं, कि कैसे उन्होंने उन सुदूर, अज्ञात और अज्ञात स्थानों की यात्रा की, उन्हें किन कठिनाइयों का सामना करना पड़ा, कैसे उनके शुरुआती जहाज बर्फ और हिम में फंस गए थे, और कैसे उनमें से कुछ को कई महीनों तक

रोके रखा गया था, जब तक कि बर्फ और हिम पिघल न जाए और वे वापस न आ सकें। और हां, मैंने अलौकिक ऑरोरा बोरियालिस (उत्तरी ज्योति) के बारे में पढ़ा और उसकी तस्वीरें देखीं। शायद अलास्का के बारे में मेरे मन में अवचेतन रहस्य ने मुझे इस स्थान का चयन करने के लिए प्रेरित किया।

हमने सैन फ्रांसिस्को से अलास्का के इनर पैसेज तक और वापसी के लिए “सी प्रिंसेस” पर 10 दिन की वापसी यात्रा बुक की। हम कई महत्वपूर्ण कस्बों और शहरों से होकर गुजरे। जहाज पूरी रात चलता और सुबह किसी बंदरगाह पर रुकता। एक रात पहले हमें उस स्थान का विवरण दिया जाता था जहां हम रुकने वाले थे और वहां उपलब्ध गतिविधियों का विवरण (भुगतान पर) दिया जाता था। इस अध्याय में, मैं स्वयं को स्कैगवे तक ही सीमित रख रहा हूँ। अतः एक सुबह हमारा जहाज हमारी यात्रा के सबसे उत्तरी बिंदु, स्काग्वे में रुका।

स्कागवे:

सौभाग्य से, यह एक सुंदर धूप वाला दिन था (स्कागवे में धूप वाले दिन दुर्लभ हैं)। हमने अनुमान लगाया था कि अलास्का के कस्बों की जनसंख्या हमारे भारतीय कस्बों की तुलना में बहुत कम होगी। लेकिन हमारे लिए यह कल्पना करना कठिन था कि आज लगभग 1200 लोगों की आबादी वाला एक आधुनिक शहर हो सकता है (जो पीक सीजन के दौरान 3000 तक बढ़ जाती है)। मुंबई में एक बड़ी इमारत में अधिक निवासी होते हैं!

स्कागवे एक छोटा, लेकिन खूबसूरत शहर है। इसमें एक स्कूल, एक अस्पताल, एक पुलिस स्टेशन, एक डाकघर, एक संग्रहालय और एक पार्क भी है, लेकिन अविश्वसनीय रूप से 20 से अधिक आभूषण की

दुकानें हैं। यह बात ही पर्यटकों के बीच इस स्थान की लोकप्रियता को दर्शाती है। हमने एक आभूषण दुकान के मालिक से भी मुलाकात की जो मुंबई से थे। उन्होंने बताया कि वह हर साल चार या पांच महीने के लिए स्कागवे में रहते हैं। उन्होंने अपने जीवन के शेष महीने मुंबई में बिताए।

स्कागवे में इमारतें और सड़कें साफ-सुथरी हैं और उनका रखरखाव बहुत अच्छा है।

आर.वी. पार्क अच्छी तरह से बनाया गया था और बहुत अच्छी तरह से संवारा गया था। मैं यह समझ नहीं पाया कि इतना छोटा शहर, जिसमें इतने कम निवासी और उससे भी कम करदाता हैं, अपना रखरखाव खर्च कैसे पूरा कर पाता होगा।

क्लोंडाइक गोल्ड रश

स्कागवे को अपनी प्रसिद्धि क्लोंडाइक गोल्ड रश के कारण मिली। 16 अगस्त 1896 को जॉर्ज डब्ल्यू. कार्मैक और उनके दो भारतीय साथियों, स्कूकम जिम और डॉसन चार्ली ने स्कैग्वे से 600 मील दूर, क्लोंडाइक नदी की एक सहायक नदी रैबिट क्रीक (जिसे बाद में बोनान्ज़ा क्रीक कहा गया) पर सोने की खोज की। उन्हें सोने के केवल कुछ टुकड़े ही मिले, लेकिन क्लोंडाइक गोल्ड रश शुरू करने के लिए यह पर्याप्त था। सोना खोजने वाले लोग उमड़ पड़े।

यहां आए एक लाख से अधिक खोजकर्ताओं में से 40,000 से भी कम लोग वास्तव में क्लोंडाइक के स्वर्ण-क्षेत्रों तक पहुंचे, तथा सौ से भी कम लोग धनी बन पाए। कई लोगों की जान चली गई। लेकिन छोटे शहर का विस्तार हुआ। अपने सुनहरे दिनों में, स्कागवे अलास्का का सबसे बड़ा शहर था जिसकी जनसंख्या 20,000 से अधिक थी।

प्रारंभिक स्वर्ण खोजकर्ताओं को क्लोंडाइक गोल्ड फील्ड्स तक पहुंचने के लिए व्हाइट पास ट्रेल के माध्यम से 600 मील की यात्रा करनी पड़ती थी। एक छोटा, लेकिन अधिक खतरनाक मार्ग था - चिलकूट ट्रेल। रॉयल नॉर्थवेस्ट माउंटेड पुलिस ने इस बात पर जोर दिया कि प्रत्येक खोजकर्ता को एक वर्ष तक चलने लायक भोजन अपने साथ रखना चाहिए। इसका मतलब हुआ 2000 पाउंड आपूर्ति। कई लोग लंबी और कठिन यात्रा में जीवित नहीं बच सके।

1982 में, कीमतों में गिरावट के कारण सोने का खनन अलाभकारी हो गया और सोने की खदानें बंद हो गईं। अब सोना नहीं है. लेकिन स्कागवे एक प्रमुख पर्यटक आकर्षण बन गया है। आप बंद हो चुके क्लोंडाइक गोल्ड फील्ड्स का दौरा कर सकते हैं और 350 टन के गोल्ड ड्रेज में घूम सकते हैं और परिचालन के दिनों में खदान में होने वाली गतिविधियों का अनुभव प्राप्त कर सकते हैं।

व्हाइट पास और युकोन रूट

यह स्वाभाविक ही था कि कुछ उद्यमी व्यवसायी रेलवे बनाने का सपना देखें। 28 मई 1898 को व्हाइट पास और युकोन रूट रेलवे का निर्माण कार्य शुरू हुआ। इसका निर्माण कार्य 29 जुलाई 1900 को पूरा हुआ। यह कल्पना करना कठिन है कि श्रमिकों को किन चरम स्थितियों में काम करना पड़ा होगा तथा इंजीनियरों को किन इंजीनियरिंग चुनौतियों से पार पाना पड़ा होगा।

स्कागवे से कारक्रॉस (67.5 मील) तक व्हाइट पास और युकोन रूट पर अब सोने का अयस्क नहीं है। लेकिन पर्यटक बहुत हैं। हमने कारक्रॉस जाने का निर्णय लिया, जो पुराने समय के स्वर्ण-खोज वाले शहरों में से एक था। हमने एक पैकेज बुक किया जिसमें कारक्रॉस तक सड़क यात्रा और व्हाइट पास एवं युकोन रूट रेलवे द्वारा वापसी शामिल थी।

बस क्लोंडाइक हाईवे पर आगे बढ़ी, जो 'ट्रेल ऑफ 98' के समानांतर चलता है, जो क्लोंडाइक गोल्डरश का एक अवशेष है; डेड हॉर्स गुल्च (जहां उपेक्षा और अधिक भार के कारण '98 की भगदड़ में 3000 पैक जानवर मारे गए थे); युकोन सस्पेंशन ब्रिज, जो एक अनूठा सस्पेंशन ब्रिज है; लंबी सुरंग के माध्यम से; व्हाइट पास शिखर के ऊपर, और अमेरिकी सीमा को पार करके युकोन (कनाडा) में पहुंची, जहां बॉर्डर माउंटीज ने तुरंत हमारे पासपोर्ट की जांच की। और उन्होंने कोई वीज़ा नहीं मांगा। मैं चाहता हूं कि दुनिया भर में पासपोर्ट जांचकर्ता इतने तेज हो जाएं!

रास्ते में, हम टोरमेंटेड घाटी से गुजरे, खूबसूरत तुत्शी झील पर कुछ मिनटों के लिए रुके, बोव द्वीप को देखा और यहां तक कि एक रेगिस्तान से भी गुजरे।

हमारे पैकेज में कनाडा के युकोन क्षेत्र के ऐतिहासिक गांव कारक्रॉस के पास स्थित कैरिबू क्रॉसिंग ट्रेडिंग पोस्ट पर दोपहर का भोजन शामिल था। खाना बहुत बढ़िया था.

मालिक एक कुशल टैक्सीडर्मिस्ट है और उसने जानवरों और पक्षियों के बेहतरीन नमूने तथा कुछ बहुत समय से लुप्त प्रजातियों की प्रतिकृतियां प्रदर्शित की थीं। यहां आप हस्की (हस्की) कुत्तों द्वारा खींची जाने वाली स्लेज की सवारी कर सकते हैं या सोना खोजने में अपनी किस्मत आजमा सकते हैं।

कारक्रॉस में कोई पासपोर्ट कार्यालय नहीं है। आगंतुक अपने पासपोर्ट पर स्वयं मुहर लगा सकते हैं - यह प्रमाण के रूप में कि वे उस स्थान पर गए हैं।

वापसी में हम नैरो गेज व्हाइट पास और युकोन रूट ट्रेन में सवार हुए। 'विश्व का दर्शनीय रेलमार्ग' नाम से प्रसिद्ध व्हाइट पास और युकोन रूट एक प्रमुख आकर्षण है। हमने बहुत कम ऊंचाई से खूबसूरत पहाड़ और

ग्लेशियर देखे, लाखों साल पहले ग्लेशियरों द्वारा बनाई गई नीली झीलें देखीं। दृश्यावली सचमुच अद्‌भुत थी।

हॉलीवुडद

व्हाइट पास ने फिल्म निर्माताओं और लेखकों को आकर्षित किया। डिज़्नी की टीम ने 1980-81 के दौरान व्हाइट पास में "नेवर क्राई वुल्फ" का फिल्मांकन किया। लेखक केन केसी ने अपने उपन्यास "सेलर सॉन्ग" की कहानी अलास्का के एक काल्पनिक शहर पर आधारित की थी।

स्कागवे में घूमना

स्काग्वे जैसे छोटे शहर में रहना एक बड़ा लाभ है। आप शहर के एक छोर से दूसरे छोर तक 10 से 15 मिनट में पैदल जा सकते हैं। आपको किसी वाहन की आवश्यकता नहीं है. मुझे यकीन है कि स्काग्वे का हर निवासी शहर के हर दूसरे निवासी को जानता है।

हम छोटे से शहर में घूमे, पिछली गलियों में स्थित अधिकांश ऐतिहासिक स्थलों को देखा, तथा ऐतिहासिक ब्रॉडवे पर टहले।

आकर्षण

यदि आपके पास समय हो तो आप जेट बोट में सवार होकर विशाल ग्लेशियरों के तल तक जा सकते हैं या हेलीकॉप्टर से उनके ऊपर से उड़ान भर सकते हैं। आप कुछ चट्टान चढ़ाई या ट्रैकिंग कर सकते हैं। आप प्रसिद्ध हस्की (Huskies) कुत्तों द्वारा खींची जाने वाली स्लेज पर सवारी कर सकते हैं या ज़िप लाइन पर सवार होकर आसमान में उड़ान

भर सकते हैं। बेशक, आप जंगलों में जाकर कुछ दिनों के लिए शिविर लगा सकते हैं।

वहाँ पहुँचना

समुद्र से

बड़ी संख्या में क्रूज़ लाइनें अमेरिका के विभिन्न शहरों से स्कागवे के लिए पैकेज प्रदान करती हैं और यह स्कागवे की यात्रा करने का सबसे अच्छा तरीका है। अलास्का समुद्री राजमार्ग प्रणाली - राज्य नौका प्रणाली - के पास आधुनिक, वाहन-वाहक जहाजों का एक बेड़ा है जो पूरे दक्षिण-पूर्व अलास्का में सेवा प्रदान करता है। प्रत्येक जहाज में एक अवलोकन लाउंज, बार, कैफेटेरिया और एक सोलारियम है, जहां निःशुल्क कैम्पिंग की अनुमति है। यह समुद्र तट पर 3;500 मील तक फैले स्थानों की यात्रा करने के सर्वोत्तम तरीकों में से एक है।

हवाईजहाज से

निकटतम बड़ा हवाई अड्डा जूनो है - जो स्काग्वे से 100 मील दक्षिण में है। सिएटल और एंकोरेज से जूनो के लिए नियमित दैनिक उड़ानें हैं। मौसम की स्थिति के आधार पर, जूनो से स्काग्वे तक प्रोपेलर विमानों द्वारा नियमित उड़ानें होती हैं।

भूमि द्वारा

कुछ लोग कार या अन्य वाहन से जाते हैं। लेकिन उन्हें अपने वाहनों को जहाजों पर ले जाना पड़ता है।

निष्कर्ष

इस स्थान का वास्तव में आनंद लेने के लिए, जूनो से स्कागवे तक उड़ान भरने और समुद्र के रास्ते जूनो या किसी अन्य स्थान पर वापस लौटने का प्रयास करें।

हमने पाया कि स्कागवे बहुत ही अद्भुत है। हमने पुराने गोल्ड ट्रेल पर विभिन्न स्थान देखे। हम उत्तरी ज्योति नहीं देख सके। उन्हें देखने के लिए साल का अभी बहुत जल्दी समय था। शायद हम उत्तरी रोशनी देखने के लिए ठंड के महीनों में अलास्का वापस आएंगे।

कोह समेद, थाईलैंड

कोह सामेद में थाईलैंड के कुछ बेहतरीन समुद्र तटों पर स्क्विड मछली पकड़ना और स्कूबा डाइविंग करना।

कोह समेद - थाईलैंड के कुछ बेहतरीन समुद्र तट

मुझे थाईलैंड बहुत पसंद है। 2005 में अपनी सेवानिवृत्ति के बाद से, मैं 2019 तक हर साल कम से कम एक बार थाईलैंड का दौरा करता रहा। थाईलैंड आने वाले अधिकांश पर्यटक बैंकॉक, पटाया और फुकेत जाते हैं। लेकिन थाईलैंड की सबसे अच्छी बात यह है कि बैंकॉक के खूबसूरत सुवर्णभूमि अंतर्राष्ट्रीय हवाई अड्डे से आप कुछ ही घंटों में कई रोमांचक जगहों की यात्रा कर सकते हैं। मैंने कई अलग-अलग स्थानों का दौरा किया है और उन पर लेख भी लिखे हैं।

आप समुद्री तटों, द्वीपों, पहाड़ों और जंगलों की यात्रा कर सकते हैं और कई अवकाश गतिविधियों में शामिल हो सकते हैं - लंबी पैदल यात्रा, ट्रैकिंग, स्नोर्कलिंग, स्कूबा डाइविंग, नौका विहार, मछली पकड़ना, पैरा-सेलिंग, स्क्विड मछली पकड़ना आदि। बेशक, हर जगह अद्भुत हिंदू और बौद्ध मंदिर हैं।

स्पा, ब्यूटीशियन और मालिश सुविधाएं लगभग हर जगह उपलब्ध हैं। यदि आप पेड़-पौधों और जानवरों के शौकीन हैं, तो यहां प्रचुर मात्रा में वन और वन्य जीवन मौजूद हैं।

इसके अलावा, थाईलैंड भारत के काफी करीब है और अपेक्षाकृत सस्ता भी है।

कोह समेद - थाईलैंड के बेहतरीन समुद्र तट

इस लेख में, मैं कोह समेद (जिसे कोह समेट भी लिखा जाता है) के बारे में लिख रहा हूँ - जो एक छोटा सा द्वीप है - जो बैंकॉक के सुवर्णभूमि अंतर्राष्ट्रीय हवाई अड्डे से मात्र 230 किलोमीटर या ढाई घंटे की ड्राइव पर है।

कोह समद में लगभग दो दर्जन समुद्र तट हैं - जिनमें थाईलैंड के कुछ बेहतरीन समुद्र तट भी शामिल हैं - चमकदार सफेद, पाउडर जैसी रेत; नीला पानी; अच्छा भोजन; आकर्षक चट्टानें; और लोककथाएं। मैं पूर्णतः शाकाहारी हूं। मैं तो अंडे भी नहीं खाता. लेकिन थाईलैंड में भोजन कभी भी समस्या नहीं रही।

जब हम छुट्टियों पर जाते हैं तो कार किराये पर लेते हैं। मेरा बेटा कार चलाता है. हमने बैंकॉक हवाई अड्डे से ही एक कार किराये पर ली। हम पटाया से होते हुए रेयोंग पहुंचे, फिर श्रीबांफे पियर की ओर बढ़े। घाट पर एक सुन्दर रेस्तरां, श्रीबानफे सीफूड्स है। यहां आपको अच्छा समुद्री भोजन और थाई व्यंजन मिल सकता है। आप होटल में आरक्षण भी करा सकते हैं और घाट पर स्थित सूचना केन्द्र से पर्यटक जानकारी भी प्राप्त कर सकते हैं।

कोह सामेद तक वाहनों को ले जाने के लिए कोई नियमित नौका सेवा नहीं है। इसलिए अधिकांश पर्यटकों की तरह हमने भी अपनी कार मुख्य भूमि पर श्रीबानफे पियर पर छोड़ दी और स्पीड बोट से कोह समद द्वीप पर पहुंच गए।

कोह समद पर निकटतम और सबसे लोकप्रिय नौका लैंडिंग "ना डैम" घाट है। यह एक छोटे से गांव में स्थित है, जिसे आमतौर पर कोह समेट गांव के नाम से जाना जाता है। यहां से आप कोह समेद के किसी भी हिस्से तक परिवहन प्राप्त कर सकते हैं। किराये की चिंता मत करो. प्रदर्शित दरें संबंधित एसोसिएशनों द्वारा स्वेच्छा से तय की जाती हैं, जो यह सुनिश्चित करते हैं कि अधिक कीमत न वसूली जाए।

लेकिन द्वीप के दक्षिण-पूर्व की ओर के समुद्री तट अधिक सुंदर हैं। इसलिए हम लाम याई गए, जो हाट साई काऊ (जिसका अर्थ है: हाट = समुद्र तट; साई = रेत और काऊ = क्रिस्टल - सबसे बेहतरीन समुद्र तट) के बगल में है। दोनों समुद्र तटों पर तीन या चार अच्छे रिसॉर्ट थे।

हमने विमर्न समेड़ को उसके स्थान के कारण चुना। विमरन समेड़ समुद्र के किनारे एक छोटी पहाड़ी पर स्थित है, जहाँ से एक शानदार दृश्य दिखाई देता है। हम 6 परिवार के सदस्य थे। दो कमरे या एक बड़े डुप्लेक्स कॉटेज को किराये पर लेने के बजाय, हमने पारंपरिक थाई शैली में सुसज्जित एक बड़ा कॉटेज किराये पर लिया, जिसमें फर्श पर गद्दे बिछे थे। इसमें अधिकतम 10 व्यक्ति रह सकते हैं।

समुद्र में नहाना और तैरना

समुद्र तट सुन्दर हैं। आप समुद्र में नहा सकते हैं, तैर सकते हैं और छप-छप कर खेल सकते हैं।

आप प्रशिक्षित मालिश करने वालों की सेवाएं ले सकते हैं जो आपको सभी प्रकार की मालिश देंगे।

आसपास भ्रमण

कोह समेद एक छोटा द्वीप है। कई सुंदर समुद्र तट आदिम मार्गों द्वारा एक दूसरे से जुड़े हुए हैं। सभी समुद्र तटों पर अगले समुद्र तट को बताने वाले साइनबोर्ड लगे हुए हैं। आप एक समुद्रतट से दूसरे समुद्रतट तक पैदल जा सकते हैं। या फिर आप साइकिल या मोटरबाइक किराये पर ले सकते हैं। या खुली गाड़ियों या नावों में यात्रा करें।

हमने एक बड़ी नाव में बैठकर पूरे द्वीप का भ्रमण किया। हमारे पैकेज में दोपहर का भोजन, चाय और कॉफी, दो स्थानों पर स्नोर्केलिंग और सरकारी मछली फार्म का दौरा शामिल था।

स्नॉर्केलिंग

हमने द्वीप के आसपास कुछ प्रवाल भित्तियों का दौरा किया। दुःख की बात है कि मछुआरों ने डायनामाइट से मछली पकड़कर बड़े क्षेत्र को नुकसान पहुंचाया है। लेकिन अब रीफ्स में सुधार के संकेत दिखने लगे हैं।

सरकारी मछली फार्म

सरकारी मछली फार्म में कछुओं, जेली मछलियों, शार्क की विभिन्न प्रजातियों और कुछ अन्य मछलियों का बहुत अच्छा संग्रह था। आप यहां नाव से जा सकते हैं।

समुद्र तट पर भोजन

एक बात मुझे हमेशा प्रभावित करती है। थाई लोग भोजन के बहुत

शौकीन हैं! मैं गुप्त रूप से मानता हूं कि वे अपना अधिकांश खाली समय खाने में बिताते हैं। यदि आपके पास अधिक पैसे नहीं हैं, तो भी आप सड़क किनारे की दुकानों पर उचित मूल्य पर विभिन्न प्रकार का गरमागरम भोजन पा सकते हैं। कई कामकाजी थाई लोगों को स्वयं खाना पकाने के बजाय बाहर खाना अधिक सुविधाजनक लगता है। इस तरह, उन्हें बहुत सारी विविधता मिल सकती है। कोह समेद की बात करें तो यहां के समुद्र तट रेस्तरां से भरे पड़े हैं। जब सूरज डूबता है तो रेस्तरां सितारों की तरह चमकने लगते हैं। वे खाद्य पदार्थों की एक विस्तृत श्रृंखला प्रदर्शित करते हैं। हमने एक ऐसा रेस्टोरेंट ढूंढा जिसमें ढाबे जैसी बैठने की व्यवस्था थी।

थाईलैंड में आप भोजन के मामले में जल्दबाजी नहीं करते। आप धीरे-धीरे खाते हैं और विभिन्न प्रकार की चीजों का स्वाद लेते हैं। और उन्हें शराब से धो लें। जब आप समुद्र तट पर, साफ चांदनी आकाश के नीचे, खाट पर लेटे होते हैं, और लहरों की मधुर ध्वनि के कारण नींद महसूस करते हैं, तो आप यह सोचने से नहीं चूकते कि जीवन इससे अधिक आनंददायक नहीं हो सकता।

स्क्विडिंग या स्क्विड मछली पकड़ना

मैंने पहले कभी स्क्विड मछली पकड़ते नहीं देखा था। दरअसल, मैंने पहले कभी जीवित स्क्विड नहीं देखा था। इसलिए जब मैंने सड़क किनारे समुद्र में मछली पकड़ने और स्क्विड मछली पकड़ने का विज्ञापन देखा, तो मैंने एक मछली पकड़ने वाली नाव पर सीट बुक करा ली।

दिन के समय नाव का उपयोग पर्यटन के लिए किया जाता था। रात में, यह गहरे समुद्र या स्क्विड मछली पकड़ने वाली नाव का काम भी करती थी। नाव समुद्र में गयी और लंगर डाल दिया। नाविकों ने नाव के दोनों ओर बड़ी छड़ें लटका दीं और छड़ों पर लटकी कुछ चमकदार स्पॉट

लाइटें जला दीं। हमें बिना किसी जीवित चारे के मछली पकड़ने की छड़ें दी गईं और कहा गया कि यदि हमें कुछ काटने का अहसास हो तो हम उसे खींच लें।

यद्यपि यह स्किड मछली पकड़ने का हमारा पहला प्रयास था, फिर भी लगभग एक घंटे में हमने चार स्किड पकड़ लिए। इसके बाद नाविकों ने समुद्र में एक बड़ा मछली पकड़ने वाला जाल डाला, लंगर डाला और नाव को आगे बढ़ाया। कुछ देर बाद उन्होंने जाल खींच लिया।

वहाँ मछलियों की अनेक भिन्न-भिन्न प्रजातियाँ थीं। चालक दल ने रात्रि भोजन की तैयारी शुरू कर दी। उन्होंने समुद्र के बीच में एक तैरते हुए घाट के पास अपना डेरा जमाया। हम बाहर निकले और तैरते हुए घाट पर खाना खाया और बीयर पी। यह एक अत्यंत आनंददायक अनुभव था।

खाओ लाम हां - म्यू कोह समेट राष्ट्रीय उद्यान

1981 में, थाईलैंड के वन विभाग ने खाओ लाम या (लाम या पर्वत सहित), 11 किलोमीटर के हाड माए रम्पुएंग - रेयॉन्ग के तट पर एक समुद्र तट और सामेट द्वीपसमूह (कोह सामेद, कोह चान, कोह सैन चालम, कोह हिन खाओ, कोह कांग काओ, कोह कुडी, कोह क्रुय और कोह प्लेटिन से मिलकर) को मुख्य भूमि घोषित किया। 'खाओ लाम हां - समेट द्वीपसमूह समुद्री राष्ट्रीय उद्यान'।

आप कोह समेद, कोह कुडी और लाम या पर्वत पर विभिन्न यात्रा कार्यक्रमों वाली पारिस्थितिक यात्राएं कर सकते हैं।

वन्य जीवन

वन्य जीवन में मॉनिटर छिपकलियाँ, लम्बी पूंछ वाले मकाक और गिलहरियों की विभिन्न प्रजातियाँ शामिल हैं। कोह थालू पर बड़े फल खाने वाले चमगादड़ों या 'उड़ने वाले लोमड़ियों' का एक समूह रहता है। यहां विभिन्न प्रकार के पक्षी हैं, जिनमें घोंसले बनाने वाले टर्न, बगुले और हॉर्नबिल की कई प्रजातियां शामिल हैं।

सुंदर सेटिंग

डेढ़ शताब्दी से भी अधिक समय पहले, इस द्वीप ने थाई कवि सुंथॉर्न फू (जिन्हें थाईलैंड का शेक्सपियर भी कहा जाता है) को अपना सबसे प्रसिद्ध महाकाव्य, फ्रा अपाई माने - जो राजकुमारों, ऋषियों, जलपरियों और दैत्यों की कहानी है - लिखने के लिए प्रेरित किया था। महाकाव्य के अनुसार, इस खूबसूरत द्वीप ने उसके मुख्य पात्र को एक प्रेम-विह्वल राक्षस से बचाया था।
वह टूट गई और द्वीप के रेतीले समुद्र तट पर उसकी मृत्यु हो गई।

वहाँ पहुँचना

कोह समेद बैंकॉक से लगभग ढाई घंटे की ड्राइव और पटाया के लोकप्रिय समुद्र तट रिसॉर्ट से लगभग एक घंटे की दूरी पर है। वापस आते समय हमने पटाया में दो रातें बिताईं।

अनुशंसाकोह

समेद का नाम समेद या काजुपुट वृक्ष के नाम पर रखा गया है, जो द्वीप पर हर जगह उगता है। यदि आपको समुद्र तट पसंद हैं तो आपको कोह समेद अवश्य जाना चाहिए। और यदि आपके समूह में से कोई ड्राइविंग जानता है, तो कार किराये पर लेकर चलाने पर विचार करें। लेकिन भारत से अंतर्राष्ट्रीय ड्राइविंग लाइसेंस लेना न भूलें। आप इसे स्थानीय ऑटोमोबाइल एसोसिएशन या निकटतम क्षेत्रीय परिवहन प्राधिकरण से आसानी से प्राप्त कर सकते हैं।

आपको यह जानकर आश्चर्य होगा कि रास्ते में पेट्रोल सर्विस स्टेशन (और ऐसे स्टेशन बहुत हैं) पर अच्छी तरह से सुसज्जित वातानुकूलित दुकानें हैं, जहां सभी प्रकार के पेय पदार्थ, खाद्य पदार्थ और दैनिक उपयोग की चीजें मिलती हैं। और साफ़-सुथरे शौचालय।

मेरा बेटा लगातार शिकायत करता रहा कि भरपेट खाना खाने के बाद भी हम रास्ते में हर पेट्रोल पंप पर रुकते हैं और फल व अन्य चीजें खरीदते हैं और रास्ते भर खाते रहते हैं। आश्चर्य की बात यह है कि इतना खाने के बाद भी हमारा वजन नहीं बढ़ा। दरअसल, हमने थोड़ा नुकसान उठाया है।

इसका कारण यह है कि थाई लोग अपने खाना पकाने में बहुत अधिक तेल और वसा का उपयोग नहीं करते हैं।

आप द्वीप के बारे में अधिक जानकारी और अन्य जानकारी निम्नलिखित साइट से प्राप्त कर सकते हैं:

https://www.tourismthailand.org/Destinations/Provinces/Ko-Samet/468

लैंगकावी द्वीप, मलेशिया

लैंगकॉवी द्वीप, मलेशिया - मासूम महसूरी और उसके अभिशाप का द्वीप।

शाहरुख खान की फिल्म 'डॉन' की शूटिंग 2006 में कुला लम्पुर और लंगकावी द्वीप में हुई थी। कुछ पर्यटक ऐसे होते हैं जो फिल्म से संबंधित स्थानों पर जाना पसंद करते हैं और ट्रैवल एजेंट ऐसे स्थानों के लिए पैकेज प्रदान करते हैं। इसका सीधा कारण यह है कि फिल्म निर्माता सर्वोत्तम स्थानों का पता लगाने के लिए व्यापक शोध करते हैं।

उदाहरण के लिए, भारत में एक प्रमुख टूर ऑपरेटर 60,000 रुपये के हवाई किराए सहित लैंगकॉवी, जेंटिंग हाईवे और कुआलालंपुर (जिसमें पेट्रोनास टावर्स और जालान मस्जिद की स्थानीय यात्रा भी शामिल है) के लिए पांच रात और छह दिन का टूर ऑफर कर रहा है। बहुत ही सस्ता सौदा!

इसलिए हमने मलेशिया जाने का निर्णय लिया। हमने मुंबई से कुआलालंपुर के लिए उड़ान भरी। कुआलालंपुर में तीन दिन बिताने के बाद हम पेनांग के लिए रवाना हुए। वहाँ कई सस्ती उड़ानें उपलब्ध थीं, लेकिन उप-भूमध्यरेखीय ग्रामीण क्षेत्र को देखने के लिए हमने NICE बस से यात्रा की। ये बसें वातानुकूलित हैं, इनमें विशाल, हवाई जहाज जैसी सीटें हैं तथा यात्रा के दौरान पेय पदार्थ और हल्का भोजन उपलब्ध कराया जाता है।

सड़क बहुत अच्छी थी. साढ़े पांच घंटे की यात्रा के दौरान रुक-रुक कर बारिश होती रही। हम खूबसूरत ग्रामीण इलाकों से गुजरे - हरे-भरे धान के खेत, घने उप-भूमध्यरेखीय जंगल, बादलों में लिपटे पहाड़, समुद्र के किनारे और उसके ऊपर।

पेनांग से लैंगकॉवी तक सीधी नौका सेवा उपलब्ध थी, लेकिन हमने अधिक साहसिक रास्ते से जाने का निर्णय लिया। हमने नौका द्वारा समुद्र पार किया, दो बसों और एक टैक्सी में यात्रा की, और अंततः एक अन्य नौका द्वारा लैंगकावी पहुंचे।

लांगकावी एक द्वीप नहीं, बल्कि 99 द्वीपों का समूह है, जो मलक्का जलडमरूमध्य द्वारा मुख्य मलेशिया से अलग है। अधिकांश द्वीप निर्जन हैं। इनमें से कुछ ही पर्यटकों के लिए सुलभ हैं।

पुलाऊ लैंगकावी

मुख्य द्वीप पुलाऊ लैंगकावी है। 'पुलाऊ' का अर्थ है द्वीप और 'लैंगकावी' दो शब्दों से बना है: 'हेलंग' (मलय में चील) और 'कावी' (संस्कृत में भूरा पत्थर)। द्वीपों पर बड़ी संख्या में चील और अनोखी पत्थर की संरचनाएं हैं। समय के साथ 'हेलंग-कावी' का अपभ्रंश होकर छोटा शब्द लांगकावी हो गया। कुआह फेरी टर्मिनस पर ब्राह्मणी पतंग की एक विशाल प्रतिमा पुलाऊ लांगकावी में आगंतुकों का स्वागत करती है।

इस द्वीप के विषय में कई किंवदंतियाँ हैं। सबसे प्रचलित किंवदंती के अनुसार, लगभग दो शताब्दी पहले, एक सुंदर युवती महसूरी यहां रहती थी। उसके शत्रुओं ने उस पर व्यभिचार का झूठा आरोप लगाया और उसे चाकू मार दिया गया। उसके घावों से सफेद खून बह निकला, जिससे उसकी बेगुनाही साबित हो गई। मरते हुए महसूरी ने श्राप दिया कि यह द्वीप सात पीढ़ियों तक बंजर रहेगा। आप उसका इतिहास लंगकावी

(कुआह से 12 किलोमीटर दूर) में महसूरी के मकबरे पर देख सकते हैं। स्थानीय लोगों का मानना है कि सात पीढ़ियां खत्म हो चुकी हैं। लांगकावी एक छोटा, अस्पष्ट गांव था, जिसमें किसान और मछुआरे रहते थे। 1986 में, प्रधान मंत्री महाथिर मोहम्मद ने इसे एक प्रमुख, शुल्क-मुक्त, अवकाश गंतव्य में बदल दिया, जिसमें एक अंतरराष्ट्रीय हवाई अड्डा था, जहां दुनिया के कई हिस्सों से उड़ानें आती थीं। लांगकावी एक लोकप्रिय पर्यटन स्थल है।

2023 में, मलेशिया के लैंगकावी में 2.82 मिलियन आगंतुक आए और 918 मिलियन डॉलर की आय हुई।

कुआहपुलाऊ

लैंगकावी द्वीप का मुख्य शहर कुआह है, जो इसके दक्षिण-पूर्वी सिरे पर स्थित है। कुआह नौका द्वारा प्रवेश और निकास का मुख्य बिंदु है तथा पड़ोसी द्वीपों के लिए नौकायन बिंदु भी है।

पेंटाई सेनंग बीच (कुआह से 18 किलोमीटर)

लैंगकावी में कई अच्छे समुद्र तट हैं, लेकिन पंताई सेनंग सबसे लोकप्रिय है। दो किलोमीटर लंबे समुद्र तट पर विभिन्न प्रकार के रिसॉर्ट, लक्जरी होटल, अपार्टमेंट, रेस्तरां और दुकानें हैं। एक रेस्तरां में मेरी मुलाकात मुंबई के एक वेटर से भी हुई।

हमने समुद्र तट के ठीक सामने एक बड़ा अपार्टमेंट किराये पर लिया। इसमें एक शानदार बॉल रूम, बड़े कमरे और झरने के साथ एक सुंदर स्विमिंग पूल था, जो ओएसिस थीम पर बनाया गया था और सस्ता था।

पानी के नीचे की दुनिया

पैन्टाई सेनंग समुद्र तट पर स्थित अंडरवाटर वर्ल्ड एशिया के सबसे बड़े समुद्री और मीठे पानी के एक्केरियमों में से एक है। इसमें मछलियों और समुद्री जीवों की एक बड़ी श्रृंखला प्रदर्शित की गई है। सुरंग से गुजरते हुए आप बड़ी मछलियों, शार्क, स्टिंग रे और समुद्री कछुओं को देख सकते हैं। आप ऊदबिलाव की विभिन्न प्रजातियां भी देख सकते हैं।

केबल कार

अक्टूबर 2002 में जनता के लिए खोली गई केबल कार, दुनिया की सबसे लम्बी फ्री-स्पैन सिंगल-रोप केबल कार प्रणाली है। यह मार्ग लैंगकावी द्वीप के उत्तर-पश्चिम में स्थित ओरिएंटल गांव से शुरू होता है और आपको 2.079 किलोमीटर के वर्षा वनों से होते हुए तेलगा तुजुह झरने से होते हुए लैंगकावी की दूसरी सबसे ऊंची चोटी मा चिनचांग तक ले जाता है।

यह दुनिया की सबसे खड़ी चढ़ाई है। कभी-कभी आप 42 डिग्री के कोण पर ऊपर जा रहे होते हैं। पहला पड़ाव और अवलोकन टावर लगभग 600 मीटर ऊपर स्थित है। आप नीचे उतरकर कुछ देर तक दृश्य का आनंद ले सकते हैं, उसके बाद आगे बढ़ सकते हैं।

लेकिन ऊपर से दृश्य कहीं अधिक मनमोहक है, और सूर्यास्त का दृश्य तो अविस्मरणीय है। ऊपर से आप पूरे द्वीप के परिदृश्य, तटवर्ती द्वीपों, अंडमान सागर और उससे आगे के समुद्रों का नजारा देख सकते हैं। साफ़ दिन में आप उत्तर में थाईलैंड के कुछ हिस्सों और दक्षिण-पश्चिम में इंडोनेशिया को देख सकते हैं।

जैसे-जैसे आप केबल कार से ऊपर जाते हैं, आप महसूस कर सकते हैं कि तापमान तेजी से गिर रहा है। शीर्ष पर मौसम अप्रत्याशित है। अचानक आसमान में अंधेरा छा सकता है और भारी बारिश हो सकती है। ऐसे समय में केबल कार सेवाएं बंद कर दी जाती हैं। हमारे साथ यही हुआ। हमें अगले दिन वापस लौटना पड़ा।

आप मा चिनचांग पर्वत और एक पड़ोसी पर्वत के ऊपर लटके 125 मीटर लंबे घुमावदार पैदल यात्री स्टील पुल पर चल सकते हैं, जो एक अद्वितीय वास्तुशिल्प उपलब्धि है। पुल से आप वही चीजें देखते हैं, लेकिन एक अलग नजरिए से।

यह क्षेत्र 550 मिलियन वर्ष पुराने रूपांतरित चट्टानों से निर्मित दो अद्वितीय भूवैज्ञानिक पार्कों का हिस्सा है। यहां एक छोटा संग्रहालय है जहां आप पार्कों के नमूने देख सकते हैं और उनके बारे में जान सकते हैं। ओरिएंटल विलेज अपने आप में पिकनिक के लिए एक शानदार जगह है, जहां बहुत सारी दुकानें, रेस्तरां, एक बड़ी झील आदि हैं।

पुलाउ पयार समुद्री पार्क (50 किलोमीटर)

पुलाऊ पयार मरीन पार्क मलेशिया का पहला समुद्री पार्क है। इसमें चार द्वीप शामिल हैं: पुलाउ पयार, पुलाउ लेम्बु, पुलाउ सेगंटांग और पुलाउ काका।

हमने पुलाऊ पयार की एक दिवसीय यात्रा की। शार्क को भोजन कराना अद्भुत था। संचालकों ने शार्कों को अपने हाथों से खाना खिलाया। मेरा बेटा, जो लंबे समय से शार्क के साथ तैरना चाहता था, शार्क के साथ तैरा। एक समय तो मैं उसके आस-पास आधा दर्जन से अधिक शार्कों को गिन सकता था। यह काफी जोखिम भरा और तनावपूर्ण था, लेकिन मेरे बेटे का सपना पूरा हो गया।

हमने समुद्र में तैराकी की और कुछ देर स्नोर्केलिंग भी की। पानी सचमुच मछलियों से भरा हुआ था। फिर हम कोरल गार्डन देखने के लिए द्वीप के दूसरी ओर गए। यहां हमने कोरल, मोरे ईल, रॉक ग्रुपर्स, ब्लैक-टिप शार्क, क्लाउन फिश और कई अन्य समुद्री जीव देखे। मलेशियाई सरकार ने द्वीप पर किसी भी रेस्तरां या होटल को अनुमति नहीं दी है। वहाँ ताज़ा पानी भी नहीं है. आगंतुकों को अपना भोजन और पेय स्वयं लाना होगा तथा सारा कचरा भी साथ ले जाना होगा। मैं चाहता हूं कि हम भारत में भी ऐसा कर सकें।

अन्य दर्शनीय स्थल

यहां देखने और अन्वेषण करने के लिए बहुत सारी अन्य जगहें हैं। इनमें से कुछ महत्वपूर्ण हैं:

एयर हैंगट गांव - कुआह से 14 किलोमीटर उत्तर पश्चिम में। इस आधुनिक परिसर में तीन-स्तरीय गर्म पानी का फव्वारा और 18 मीटर लंबा हाथ से नक्काशीदार नदी के पत्थर का भित्ति चित्र है, जिसमें स्थान और स्मारिका दुकानों के बारे में किंवदंतियों को दर्शाया गया है।

तमन लैगेंडा - या लीजेंड ऑन द पार्क - 50 एकड़ का एक सुंदर पार्क है जिसमें 17 स्मारक हैं, जिनमें से प्रत्येक की अपनी अनूठी कहानी है, 4 कृत्रिम झीलें, एक मानव निर्मित समुद्र तट, पार्क और खूबसूरती से बनाए गए बगीचे हैं।

तेलगा तुजुह या सात कुओं वाला झरना, प्राकृतिक तालाबों की सात परतों में पानी का झरना है। आप यहाँ नहा सकते हैं और तैर सकते हैं।

रात्रि बाजार काफी लोकप्रिय हैं। सप्ताह के प्रत्येक दिन द्वीप पर किसी न किसी स्थान पर रात्रि बाज़ार लगता है। गाइड बुक में जाँच करें।

द्वीप के सबसे उत्तरी छोर पर स्थित तांजुंग रू में चूना पत्थर की गुफाएं और निर्जन द्वीप हैं। यहाँ मैंग्रोव, जलमार्ग, चूना पत्थर की चट्टानें और रेतीले समुद्र तट हैं।

तासिक दयांग बंटिंग, या गर्भवती युवती का द्वीप, लैंगकावी द्वीप के दक्षिण-पश्चिम में स्थित है। द्वीप के केंद्र में तासिक दयांग नामक एक बड़ी और सुंदर झील है, जिसके बारे में माना जाता है कि इसमें जादुई शक्तियाँ हैं। ऐसा माना जाता है कि इस जल से बांझ महिलाओं को प्रजनन क्षमता प्राप्त होती है। यह पानी तैराकी के लिए भी बहुत अच्छा है। यहां गुआ लांगसिर नामक एक गुफा भी है जिसमें हजारों चमगादड़ रहते हैं।

बर्ड पैराडाइज़ में एशिया का पहला पूर्ण रूप से ढका हुआ मार्ग है तथा यहां सामान्य तथा विदेशी पक्षियों का अच्छा संग्रह है।

मगरमच्छ फार्म में विभिन्न प्रजातियों के 1000 से अधिक मगरमच्छ हैं।

सिफारिश

लैंगकावी एक शुल्क-मुक्त द्वीप है जहां देखने और घूमने के लिए बहुत सारी जगहें हैं। इसके अलावा, यहां बड़ी संख्या में अज्ञात द्वीप और सुंदर चूना पत्थर की संरचनाएं भी हैं। आप समुद्र, नदियों और मैंग्रोव खाड़ियों में पूरे दिन की सैर का आनंद ले सकते हैं। आप स्नोर्केलिंग, स्कूबा डाइविंग, बोटिंग, नौकायन, मछली पकड़ना, ट्रैकिंग और कई अन्य जल खेल कर सकते हैं।

आप पुलाऊ लांगकावी द्वीप का भ्रमण लगभग तीन घंटे में कर सकते हैं। यदि आप गाड़ी चलाना जानते हैं, तो स्वयं संचालित कार किराये पर लें। किराया कम है. जुलाई से मध्य सितम्बर तक मानसून के दौरान इस द्वीप पर जाने से बचें, क्योंकि समुद्र में उथल-पुथल मच जाती है और समुद्री यात्राएं स्थगित हो सकती हैं। आपको अपनी बाहरी गतिविधियों पर

अंकुश लगाना पड़ सकता है। मलेशियाई हवाई अड्डों पर फोटोग्राफी पर बहुत कम प्रतिबंध हैं। आप हवाई अड्डे, रनवे और विमानों की तस्वीरें ले सकते हैं।

मैं कभी भी हवा से, समुद्र से और हवाई अड्डों से फोटोग्राफी पर भारत में लगाए गए कठोर प्रतिबंधों के तर्क को नहीं समझ पाया, क्योंकि कोई भी सैकड़ों मील दूर से भी उनकी तस्वीरें ले सकता है।

सिडनी - ऑस्ट्रेलिया का प्रदर्शन

ऑस्ट्रेलिया कई मायनों में अद्वितीय है। यह भूमध्य रेखा के दक्षिणी ओर है। वहां की जलवायु उत्तरी गोलार्ध की जलवायु से विपरीत है। दिसम्बर (हमारे ठंडे महीने) में गर्मी होती है, जबकि जून (हमारे गर्म महीने) में ठंड होती है। ऑस्ट्रेलिया अन्य सभी महाद्वीपों से इतना दूर है कि वहां का जीव-जंतु और वनस्पति जीवन बाकी दुनिया से बिल्कुल अलग है।

कई वर्षों से हम लोग अप्रैल माह में आस्ट्रेलियाई शरद ऋतु के दौरान गोल्ड कोस्ट पर छुट्टियाँ बिताने तथा ग्रेट बैरियर रीफ देखने की योजना बना रहे थे। लेकिन हमें गोल्ड कोस्ट बहुत पसंद आया और हम वहां बहुत अधिक समय तक रुके और हमने पाया कि हमारे पास समय कम था। ग्रेट बैरियर रीफ का अन्वेषण करने के लिए हमें जितना समय मिल सकता था, उससे अधिक की आवश्यकता थी। हम अपनी तारीखें नहीं बदल सकते थे क्योंकि वापसी टिकटें वापसी योग्य नहीं थीं। हमने ग्रेट बैरियर रीफ को छोड़ने का निर्णय लिया और सिडनी की ओर चल पड़े।

हमने सेंट्रल रेलवे स्टेशन के पास चाल्मर्स रोड पर सेंट्रल रेलवे मोटल में एक अपार्टमेंट बुक किया। यह सिडनी के मध्य में सुविधाजनक स्थान पर स्थित है। लेकिन वहां तीन दिन रहने के बाद हम गोल्ड्सबोरो अपार्टमेंट में चले गए - जो डार्लिंग हार्बर के सामने स्थित एक खूबसूरत विरासत वाली इमारत है। अपनी यात्राओं के दौरान हम हमेशा रसोईघर और लॉन्ड्रेट वाले बड़े अपार्टमेंट किराये पर लेते हैं। हम कुछ खाना भी बनाते हैं। इस तरह हम बहुत सारा पैसा बचाते हैं, जिसका उपयोग हम अन्यत्र कर सकते हैं।

प्रिय बंदरगाह

डार्लिंग हार्बर पर्यटकों के लिए आकर्षण का केन्द्र है। यह कल्पना करना कठिन है कि बहुत दूर अतीत में यह जीवंत स्थान एक छोटा, अनाम पोतगाह हुआ करता था। 1984 में, न्यू साउथ वेल्स सरकार ने चार वर्षों में इस क्षेत्र को विकसित करने के अपने निर्णय की घोषणा की। हां, बस इतना ही उन्हें करना पड़ा। यह क्षेत्र विश्व के सबसे बेहतरीन मनोरंजक तटवर्ती क्षेत्रों में से एक बन गया।

बंदरगाह में ही एक सुंदर मछलीघर, चिड़ियाघर, आईमैक्स थिएटर, बहुत सारी दुकानें और भोजनालय हैं। सड़क यात्रा के अलावा, यात्रा के तीन अन्य साधन भी उपलब्ध हैं (मोनोरेल, मेट्रो रेलवे और फेरी)। हमने संयुक्त टिकट खरीदे, जिससे हमें मोनोरेल, मेट्रो रेलवे, फेरी और बसों में एक सप्ताह तक असीमित यात्रा करने की अनुमति मिली। कितना सुविधाजनक!

हमने विभिन्न साधनों से यात्रा की, आराम से बस में चढ़े और उतरे। किसी भी नई जगह का अनुभव प्राप्त करने का यह एक बेहतरीन तरीका है। हमने कुछ समय घाट की सीढ़ियों पर खड़े होकर पर्यटकों को देखते हुए बिताया। समुद्री पक्षियों ने हमारा साथ दिया, ठीक उसी तरह जैसे मुंबई के मरीन ड्राइव पर कबूतर देते हैं।

सिडनी एक्वेरियम

दुनिया के बेहतरीन एक्वेरियम में से एक, सिडनी एक्वेरियम में ऑस्ट्रेलियाई मछली, सरीसृप और स्तनधारियों की 700 प्रजातियों के 13,000 से अधिक जानवर प्रदर्शित हैं।

प्रदर्शनों को स्थान-वार व्यवस्थित किया गया था - ऑस्ट्रेलिया में पाए जाने वाले विभिन्न क्षेत्रों के अनुसार: दक्षिणी नदियाँ; उत्तरी नदियाँ; दक्षिणी महासागर; उत्तरी महासागर; आदि।

हमें ग्रेट बैरियर रीफ ओशनेरियम सबसे ज्यादा पसंद आया। यह ग्रेट बैरियर रीफ की लघु प्रतिकृति है। यहां हमने विभिन्न प्रकार के समुद्री जीवन और कुछ बड़े जीव - शार्क, रे मछलियां, कछुए आदि देखे। हमने पृथ्वी पर पाए जाने वाले कुछ सबसे जहरीले जीवों को भी देखा, जिनमें नीली-छल्ले वाला ऑक्टोपस और अनोखी प्रजाति का प्लैटिपस शामिल था। हमने यहां तक कि जलपरियों का एक जोड़ा भी देखा, जिन्हें समुद्री गाय भी कहा जाता है (वास्तव में ये डुगोंग हैं)।

एक गाइड ने बताया कि दुनिया भर में प्रदर्शित पांच मैनेटी में से सिडनी एक्वेरियम में दो मैनेटी थीं।

हम समुद्र तल पर चले - 145 मीटर (480 फीट) लम्बी ऐक्रेलिक पानी के नीचे की सुरंगों के एक नेटवर्क पर, जानवरों और उनके आस-पास के वातावरण को निहारते हुए। महान दक्षिणी महासागर अनुभाग में ऑस्ट्रेलियाई समुद्री शेर, ऑस्ट्रेलियाई फर सील, न्यूजीलैंड फर सील, कैलिफोर्निया समुद्री शेर, तेंदुआ सील, पेंगुइन और पेलिकन का अद्भुत संग्रह है। हमें ऐसा लगा जैसे हम अंटार्कटिका में कदम रख चुके हैं।

यदि आपमें रोमांच का शौक है, तो विशेषज्ञ गाइड आपको शार्क के बीच गोता लगाने ले जाएंगे।

सिडनी वन्यजीव विश्व (टारोंगा चिड़ियाघर)

यह अनोखा चिड़ियाघर जलमार्ग के किनारे ऊंचे भूभाग पर स्थित है। हमने एक पौधे से दूसरे पौधे पर उड़ती तितलियों का अद्भुत प्रदर्शन

देखा। नीचे जमीन पर कछुए और मगरमच्छ ढलती धूप में धूप सेंक रहे थे।

रात्रिकालीन अनुभाग में ऑस्ट्रेलियाई रात्रिकालीन जानवरों का अच्छा संग्रह था। यह आश्चर्यजनक, किन्तु अल्पज्ञात तथ्य है कि 50% से अधिक आस्ट्रेलियाई जानवर रात्रिचर हैं, इसलिए अधिकांश लोग उन्हें शायद ही कभी देख पाते हैं।

विभिन्न अनुभागों में उनके आवास के अनुसार विभिन्न जानवरों को प्रदर्शित किया गया है: कैसोवरी, कंगारू, वालाबी, कोआला, वृक्ष मेंढक, तथा अधिकांश ऑस्ट्रेलियाई देशी जानवर। आप कई जानवरों के साथ अपनी तस्वीरें खिंचवा सकते हैं। गोंडोला से चिड़ियाघर के शीर्ष तक जाएं और पैदल नीचे उतरें। यह चिड़ियाघर का आनंद लेने का सबसे अच्छा तरीका है।

सिडनी हार्बर ब्रिज

सिडनी हार्बर ब्रिज, जिसे स्थानीय रूप से 'कोट हैंगर' के नाम से जाना जाता है, सिडनी का सबसे प्रसिद्ध स्थल है। इसके निर्माण से पहले, उत्तरी सिडनी के आवासीय क्षेत्र से दक्षिणी सिडनी के शहर के केन्द्र तक या तो नौका द्वारा या 20 किलोमीटर (12 मील) सड़क मार्ग से यात्रा की जा सकती थी, जिसमें पांच पुलों को पार करना पड़ता था।

सिडनी हार्बर ब्रिज का निर्माण दिसंबर 1926 में शुरू हुआ और ब्रिज आधिकारिक तौर पर 19 मार्च 1932 को खोला गया। यहाँ रेलवे लाइन भी है। पुल की कुल लागत (6.25 मिलियन ऑस्ट्रेलियाई पाउंड) ($13.5 गिलियन) का भुगतान 1988 में किया गया था। हालाँकि, पुल और सिडनी हार्बर सुरंग के रखरखाव खर्च को पूरा करने के लिए टोल जारी

रखा गया है। किसने कहा कि जो कुछ पैदा होता है उसे मरना ही पड़ता है? कर अमरत्व प्राप्त करते हैं!

हम पुल पर स्थित पिलोन लुकआउट तक चढ़ गए, जहां हमने पुल के निर्माण पर एक आकर्षक प्रदर्शन देखा। यदि आप चाहें तो हार्बर ब्रिज के ऊपर तक तथा उसके पार एक निर्देशित यात्रा का आनंद ले सकते हैं। ऊपर से आपको पूरे सिडनी का अविश्वसनीय दृश्य दिखाई देता है। मैंने अपने जीवन के 40 वर्ष से अधिक कोलकाता में बिताए हैं। मुझे हमेशा यह महसूस होता था कि हावड़ा ब्रिज सिडनी हार्बर ब्रिज से काफी मिलता-जुलता है। मुझे इसका कारण ऑस्ट्रेलिया यात्रा के दौरान पता चला। दोनों पुलों का मूलस्रोत एक ही है। इनका निर्माण एक ही कंपनी - क्लीवलैंड ब्रिज एंड इंजीनियरिंग लिमिटेड, डार्लिंगटन, यूके द्वारा किया गया है

सिडनी ओपेरा हाउस

प्रौद्योगिकी की दृष्टि से, सिडनी ओपेरा हाउस, जो अक्टूबर 1973 में खोला गया था, एक मानव निर्मित आधुनिक आश्चर्य है। इसका अनोखा डिजाइन अपने समय और उस समय उपलब्ध तकनीक से काफी आगे था। इसके डिजाइनरों को कई नई इंजीनियरिंग समस्याओं का समाधान निकालना पड़ा। इन सबके कारण निर्माण में देरी हुई और परियोजना विवादों में फंस गई।

इसके डिजाइनर जोर्न उत्ज़ोन को इसका निर्माण पूरा होने से पहले ही अपमानित होकर ऑस्ट्रेलिया छोड़ना पड़ा। बाद में उनके महान कार्य को मान्यता दी गई और उन्हें सम्मानित किया गया। लेकिन वह स्वयं कभी सिडनी ओपेरा हाउस नहीं देख सके। उनकी बीमारी के कारण वे ऑस्ट्रेलिया नहीं आ सके।

हमने ओपेरा हाउस का एक घंटे का निर्देशित दौरा किया। गाइड ने हमें पूरे ढांचे का भ्रमण कराया, उसका इतिहास बताया तथा डिजाइनरों के सामने आने वाली विभिन्न समस्याओं के बारे में बताया। वह हमें ध्वनिकी की दृष्टि से उत्तम ऑडिटोरियम के अन्दर ले गए जहां नियमित शो आयोजित होते हैं। हम मंच के पीछे के कुछ दृश्य भी देख सकते थे, जैसे समूह रिहर्सल।

सिडनी टॉवर

सिडनी टॉवर को अगस्त 1981 में जनता के लिए खोला गया। तेज़ गति वाली लिफ्ट हमें 40 सेकंड में ऊपर ले गयी। बुर्ज की क्षमता 960 व्यक्तियों की है और इसमें दो स्तर के रेस्तरां, एक कॉफी लाउंज और अवलोकन डेक हैं। शहर की सड़कों से 250 मीटर (820 फीट) ऊपर खड़े होकर, हमने बुर्ज के चारों ओर चक्कर लगाया और पूरे सिडनी तथा उसके आगे के क्षेत्र को ऐसे देखा जैसे कोई पक्षी देखता है - दुनिया के सबसे शानदार शहरों में से एक का 360 डिग्री का दृश्य। आप सुरक्षात्मक बुर्ज से बाहर निकलकर विशेषज्ञों के साथ अनोखे स्काईवॉक का आनंद ले सकते हैं।

बोंडी बीच

यह सुंदर समुद्र तट डार्लिंग हार्बर से केवल 45 मिनट की ड्राइव पर है। 1929 और 1958 के बीच सिडनी से बॉडी बीच तक नियमित ट्राम सेवा हुआ करती थी। (विशाल सिडनी ट्राम नेटवर्क फरवरी 1961 में बंद हो गया।) मेलबर्न में अभी भी ट्राम सेवाएं उपलब्ध हैं (और कोलकाता में भी, जहां यह हाल ही में बंद हुई है)।

डार्लिंग हार्बर से हम पहले मेट्रो ट्रेन से गए और फिर बस से। बोंडी धूप, समुद्र तट, सर्फिंग और मौज-मस्ती के लिए प्रसिद्ध है। समुद्र तट के पार भोजनालय, दुकानें, होटल और स्मारिका दुकानें हैं।

ब्लू माउंटेन

ब्लू माउंटेन वास्तव में 1,433 वर्ग किलोमीटर में फैला एक विशाल क्षेत्र है। सिडनी से 50 से 120 किमी पश्चिम में 26 टाउनशिप स्थित हैं। नवंबर 2000 में ब्लू माउंटेंस को विश्व धरोहर पार्क घोषित किया गया।

ब्लू माउंटेन्स का सबसे लोकप्रिय पर्यटन शहर काटूम्बा है। जेबी नॉर्थ ने 1879 में यहां काटूम्बा कोयला खदान खोली थी। उन्होंने कोयले को ऊपर तक लाने के लिए केबल कार प्रणाली विकसित की थी। कोयला खदान अब समाप्त हो चुकी है और बंद हो चुकी है। लेकिन केबल कार का स्थान प्रसिद्ध सीनिक रेलवे ने ले लिया है - जो दुनिया की सबसे खड़ी रेलवे चढ़ाई है।

सीनिक रेलवे के बगल में नई सीनिस्केंडर है, जो ऑस्ट्रेलिया की सबसे खड़ी हवाई केबल कार है। केबल कार आपको ग्रेटर ब्लू माउंटेन्स विश्व धरोहर क्षेत्र के वर्षावनों में 545 मीटर की यात्रा पर ले जाती है। पास ही में शानदार दर्शनीय स्काईवे है। और यदि आप गुफा अन्वेषण में रुचि रखते हैं, तो आप अपना सारा समय चूना पत्थर की गुफाओं - जेनोलन गुफाओं - की खोज में बिता सकते हैं।

आप खूबसूरत प्राकृतिक चट्टान संरचनाएं देख सकते हैं। तीन बहनें सबसे लोकप्रिय हैं। और अगर आप कहानियों के शौकीन हैं, तो आदिवासी स्वप्न समय की कहानियां पढ़ें।

सिफारिश

यहाँ घूमने के लिए बहुत सी अन्य जगहें हैं:

चाइना टाउन जो मुझे बहुत पसंद आया।

चीनी मैत्री उद्यान.

डार्लिंग हार्बर के निकट फोर्ट डेनिसन।

रॉयल बोटेनिक गार्डन.

किंग्स क्रॉस.

संग्रहालय.

गर्मियों के शुरुआती महीनों में सिडनी की यात्रा करें। यह काफी सुखद होगा.

अपनी उड़ान की बुकिंग पहले ही करा लें। आप काफी अच्छी दरों पर हवाई टिकट पा सकते हैं।

किसी अपार्टमेंट में रहने का प्रयास करें, खासकर यदि आपके समूह में 3 या 4 से अधिक व्यक्ति हों। न्यूनतम एक सप्ताह का समय आवश्यक है।

ऑस्ट्रेलिया निश्चित रूप से पश्चिम से अलग है। आपको कंगारू, प्लैटिपस, कोआला भालू आदि बहुत पसंद आएंगे। यदि संभव हो तो वहां अवश्य जाएँ। आपको यह जगह, इसके जानवर और स्थानीय लोग बहुत पसंद आएंगे।

लेखक के बारे में

डॉ. बिनॉय गुप्ता

डॉ. बिनॉय गुप्ता भारत सरकार में शीर्ष नौकरशाह के पद से सेवानिवृत्त हुए। उनके पास कानून में पीएच.डी. के साथ-साथ बड़ी संख्या में स्नातकोत्तर डिग्री और डिप्लोमा भी हैं। उन्होंने कई पुस्तकें लिखी हैं और सैकड़ों लेख लिखे हैं। उन्होंने अलास्का से लेकर ऑस्ट्रेलिया तक कई स्थानों की यात्रा की है।

यह पुस्तक पाठकों को उन स्थानों के बारे में जानकारी देने का उनका ईमानदार प्रयास है, जहां वे शायद कभी नहीं जा पाएंगे। पाठक की आंखें खोलें कि वह अपने व्यस्त कार्यक्रम के कारण क्या चूक सकता है।

यह पुस्तक एक साधारण यात्रा पुस्तक से कहीं अधिक है। यह पाठक को कई दिलचस्प स्थानों की शिक्षाप्रद यात्रा पर ले जाएगा, जहां लेखक ने यात्रा की है और आनंद लिया है।

बच्चों और अभिभावकों दोनों को यह सामग्री रोचक, जानकारीपूर्ण और शिक्षाप्रद लगेगी। इस यात्रा का आनंद लें।

www.ingramcontent.com/pod-product-compliance
Lightning Source LLC
LaVergne TN
LVHW041532070526
838199LV00046B/1634
* 9 7 8 9 3 7 0 0 9 0 3 2 3 *